重原水鳥
ill.
JN027526
欲しがりな義妹に
堪忍袋の緒が切れました
～婚約者を奪ったうえに、我が家を乗っ取るなんて許しません～

カリスタ
ブラックムーンストーン子爵家令嬢
義妹ヘレンに後継者の座を
奪われそうになる

「君が好きだ。どうか私と結婚して欲しい」
フェリクス
エメラルド伯爵家嫡男
カリスタの幼馴染

「私、ヘレンに後継者の座は譲りません。私が家を継ぎます！」

欲しがりな義妹に堪忍袋の緒が切れました

～婚約者を奪ったうえに、我が家を乗っ取るなんて許しません～

重原水鳥
ill. ありおか

I have run out of patience
with my greedy
sister-in-law.

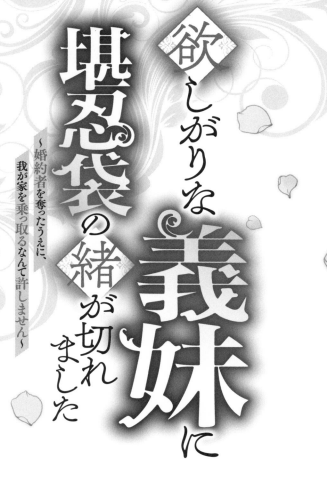

Contents

I have
run out of patience
with my greedy
sister-in-law.

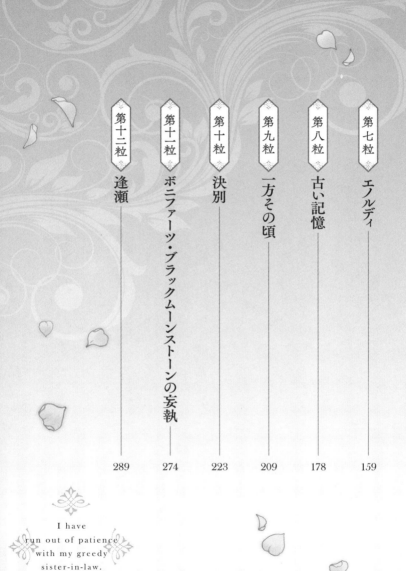

第一粒 告げられた婚約解消

「君との婚約は解消しようと思う」

カリスタ・ブラックムーンストーン子爵令嬢は、席について早々に切り出された提案を耳にした時、素直に言って驚いた。しかし淑女らしく、その驚きは顔に出さないように心掛けながら、無言で目の前で驚きの発言をした相手を――ニール・ツァボライト男爵令息を見つめた。

貴族学院の談話室《サロン》。大多数の学生が貴族であるこの学校では、大事な話をするのに必要不可欠な場所だ。そこにニールからわざわざ呼び出された時点で、何か大事な話が来るのだろうとは予想していたが、まさかそのような話とは思わなかった。

「……ニール様のお気持ちは分かりました。その旨はお父様とお爺様にお伝えしておきます」

あまりに冷たい婚約解消の了承の会話だった。

ニールは嬉しそうに頷く。

「ああ、よろしく頼む」

その頷きからは安心すら感じられ、カリスタは心の中で訝《いぶか》しんだ。

今、確かにカリスタは頷いたが、それはあくまでもカリスタ個人がニールの希望を聞いたというだけに過ぎない。正式な決定を下すのは家の当主だ。

なのでカリスタに出来るのは、ニールからの婚約解消の申し出を一度預かり、家に帰って両親や当主である祖父に報告するという事だけだ。先ほどの言葉はそれを了承しただけなのに……。

（まるで私が頷いたから婚約が正式に解消されたと思っているような反応に見えてしまうわ。……いいえまさかそんな事）

普段から心配になる部分があるニールであるが、さすがにそこまで楽観的過ぎる考えはしていないはずだ。そう願うと同時に、この話題がニールから振られた時点で気になっていた事を問いかける。

「これは一応の確認ですが、今のお言葉はツァボライトの総意という事でよろしいですね」

「え」

カリスタの疑問の言葉に意味のない音を漏らす年上の婚約者を見つめ、カリスタはわずかに眉根を寄せた。

「まさかですが、ニール様の個人的なご判断ではありませんわよね」

念押しするようにそう言うと、ニールは、あーだのえーとだの意味のない言葉を発しながら、視線を泳がせ、カリスタと目を合わせようとしない。最早その態度が、カリスタの疑問への答えだった。

（何て無責任な事を……）

それを見ていたカリスタには、数年にわたって婚約関係にあった男から解消を求められた動揺など全くない。

カリスタの中にニールへの親愛の情はあっても、恋情は一切なかった。故に恋人に裏切られたような感覚は一切感じなかった。

ただ、家同士の契約というものを一個人の判断で蔑《ないがし》ろにしようとしているニールに対して失望していた。

（家同士の契約を何だと思っていらっしゃるの？　貴族として信じられない事だわ）

二人の間にある婚約関係は、ブラックムーンストーン子爵家の当主たるカリスタの祖父と、ツァボライト男爵家の当主たるニールの父とが結んだ政略的な物である。

大きな政治の駆け引きという大それたものではないが、契約なのだ。それを個人的な感情で解消させようとするなんて、普通では有り得ない。

ニールは未だにカリスタを見る事はなく、うろ、うろ、うろ、と視線を高い位置で彷徨《さまよ》わせている。

先ほどのカリスタからの言葉に何と返すか、まだ悩んでいるらしい。返事をしないニールを見つめながら考える。

（個人的な理由で解消するとして、理由は何？　ニール様はご自分と……何より家の今後を、どう考えていらっしゃるのだろう……）

家同士の利益のために結ばれた婚約。

双方が求めている物はハッキリしていた。

カリスタのブラックムーンストーン子爵家は、カリスタに婿入りする年が近い令息。

ニールのツァボライト男爵家は、領地の特産品を王都に売り込むための販路と伝手。

全く違う二つの望みを天秤に載せて、契約は結ばれた。

ブラックムーンストーン家が長年の伝手を使ってツァボライト家を王都の商人たちに紹介する事と引き換えに、ニールはカリスタに婿入りする未来が決められた。

大人たちが会って話をして決められた契約で、結ばれる際にカリスタやニールの個人的な感情は考慮されなかった。貴族の子供は家のために親に未来を決められる事は少なくなく、むしろよくある事だった。

（我が家に代わる伝手を見つけたの？　いいえ、もしそうならば、ニール様の性格上、その事を今ここで話しているでしょう）

それに、ツァボライト男爵家の家業はあまり順調とは言い難いとカリスタは聞いている。ブラックムーンストーン家という伝手を簡単に手放せる状況とは考えづらい。

（やはり家としての利益に関してはあまり関係なく、彼個人の判断で解消を求めている……）

カリスタの視線に多少なりとも相手を非難するものがあったからか、ニールはカリスタを見ようとは一切していなかった。

「ニール様」

名前を呼ばれただけでぎくりと体を固まらせる男が、自分の婿になるという未来を考えると……このまま婚約解消された方が、余程良い。そう思うくらいには呆れて、彼への期待などなくなっていた。

――これまでの婚約関係で、カリスタはニールにそこまで悪感情を抱いてはいなかったし、婿として不足を感じていたわけではなかった。

彼は人当たりが良い方で顔も広かった。色々な人間と付き合えるというのは大事な長所だ。それに、婚約者として過ごす時も、カリスタを気遣ってくれていた。

だがこうして、無責任で頼りない態度を見せつけられてしまうと……今までは大して気にならなかった部分が、ひっくり返って酷く駄目な点に見えてくる。

カリスタは当主である祖父の方針で、幼い頃から厳しく躾けられてきた。

それは彼女が子爵家の嫡男である父の一人娘だったためだ。祖父母の子は父一人だった。父母もカリスタ以外に子供は望めない状態となれば、カリスタが当主となる人間として育てられるのは当然の事だった。

周辺諸国と違い、カリスタたちが生まれ暮らすジュラエル王国は女性でも貴族家の当主となる事が出来る。だがそんな法律があっても、妊娠、出産を始めとした様々な問題を乗り越える事は簡単ではなく、女性で当主となる者はそう多くない。そんな女性当主を支えるために婿の助力は必要不可欠なのだ。

その婿として、ニールはもう信頼出来ない。

ふうと息を吐く。何か一つぐらい言い訳か、或いは真摯に考えた答えを貰えると思ったのだが……………いつまで経ってもニールは視線を彷徨わせて言葉にならない声を漏らすだけ。カリスタの方から動かなければ、これからもずっとそうするつもりかもしれない。

彼の思惑に半分乗ってしまう事は不服であるが、貴重な休み時間をただ無駄に費やすわけにはいかなかった。

「そのご様子ですと、ニール様のご判断のように見えます。ツァボライト男爵家は婚約解消を認められているのでしょうか？」

「あ、あ〜、え〜と、それは、うん、大丈夫、大丈夫だ！」

何が大丈夫なのかはサッパリ分からないが、ニールは何度もそう頷いた。そうですか、と冷めた声が出てしまった後で、聞いておかねばと思っていた事を質問する。

「理由をお伺いするのを忘れておりました」

「えェ？」

「理由です。婚約解消を希望される理由をお教えください。お爺様方にもお伝えしなくてはなりませんから」

「え〜っと、いや、要らないんじゃないかな、そんなの」

流石に見過ごせない言葉だった。

「要らない？　ニール様。この婚約は、家と家とが結んでいるものでございます。口約束などではないのですよ。契約書を用いた、正式な関係性なのです。ニール様がこの関係を解消したいというのは分かりましたわ。ですが、その理由を秘するというのでは、こちら側は納得出来かねます」

カリスタに次々と言葉を投げかけられたニールはまたうろうろと視線を彷徨わせ始める。これでまた長い時間を無駄にしたくない。そう思いニールに強く返答を求めようとしたその時、ニールは突然立ち上がった。

まさか、この場から逃走する心算ではないだろうなとカリスタは警戒したが、そうでなかった。ニールはその場で振り返り、突如その方角に向けて声を張り上げたのだ。

「おいで！」

明確に、カリスタではない第三者への声掛けだった。この談話室《サロン》には二人しかいないはずなのに、一体誰が——そう思った次の瞬間耳に届いた声に、カリスタの背中に、そっと、汗が伝った。

「お話、終わりましたの？」

軽やかな、甘い声だった。カリスタにとっては聞き覚えのある声。

ニールが見ている方向を見る。そこには一人の美少女がいた。十人中十人が認めるだろう美少女は、幸せをそのまま表情に浮かべてニールの傍へと駆け寄っていく。

少しの曇りもない美しい黒髪が、彼女の動きに合わせてふわりと揺れた。

ニールは自分のすぐ横に来た美少女の肩に馴れ馴れしく手を乗せ、そっと抱き寄せた。二人の体が密着している。それは人前で軽々しくすれば破廉恥だと騒ぎになりそうなほど、甘い触れ合いだった。

突然現れた、自分なぞ遠く及ばないほどの美少女。

その美少女の事は、カリスタもよく知っていた。

何せ彼女はカリスタの義理の妹だから。

「…………ヘレン」

先ほどまでの勢いを全て失い、カリスタは消え入るような声で、美少女の名前を呟いた。その

声はあまりに小さくてニールにもヘレンにも届かなかっただろう。

何故彼女がここに来たのか、そしてどうしてニールとあれほど触れ合っているのか……カリスタの脳はあまりの事態に、動きを停止してしまっていた。

そんな彼女に、ニールは再び向き合う。彼の顔には先ほどまでの狼狽《うろた》えた様子など少しもなく、むしろ自信に満ち溢れた男の顔をしていた。少なくともそんな顔を、カリスタは初めて見た。

「ごほん。——カリスタ！　君の新しい嫁ぎ先については、ブラックムーンストーン家の次期当主の夫として、しっかりと探してあげるから心配しなくていいよ」

「……はい？」

カリスタは淑女の仮面を落として、目を点にしてニールを見上げる。ニールは鼻の穴を膨らませ、胸を張っていた。

あまりに唐突で、失礼極まりない発言であったのに、一周回って怒りすら湧かなかった。

というよりも、意味を飲み込めなかったというのが正しいか。

先ほどまでのカリスタからの質問は全て無視して、ニールは自分が言いたい事をただ告げる事にしたらしい。……カリスタの質問に答えていたら押し負けると思ったのかもしれないが。

カリスタが動揺していると理解したニールは、あくまでも親切のために話しているという口調で理解不能な言葉をカリスタに優しく、もう一度告げた。

「そんなに心配しなくて大丈夫、ブラックムーンストーン家は、僕と君の義妹《いもうと》のヘレンで守っていくから。ね、ヘレン」

「ええ！　頑張るわね、おねえ様。だからおねえ様はもう何も気にしなくっていいのよ！」

ニールとヘレンが寄り添い笑い合う。

人間は、本当に意味が分からない事を言われると、何も考えられなくなるらしい。二人が告げる言葉をカリスタは時間をかけても咀嚼《そしゃく》出来なかった。

次にカリスタが我を取り戻した時には、もう既にヘレンもニールもその場にはおらず、ただカリスタ一人が取り残されていた。

誰もがいなくなった後、カリスタは淑女らしからぬ声を上げた。

「…………は？」


大声を上げたくなるような状態であった。だが淑女としてのプライドがそんな無様な行動を取る事を許さなかった。

（――訳が分からない！）

せめてもと、心の中で叫ぶ。一度叫んだあと、このままここで叫び続けても時間が消費されるだけだと、冷静さを装う声が心の中で響く。

貴族学院ではどの授業を取るかは学生の自主性に殆ど委ねられている。そんな中でカリスタは最多に近い数の授業を受けており、暇と言える時間は殆どなかった。

そんな学園生活の中で貴重な休みである昼食休憩の時間をニールの願いに応じて捻出した結果、彼と義妹から意味の分からない宣言をされるなんて思いもよらなかったわけだが。

談話室《サロン》の外へと、出る。

廊下に人の気配はない。放課後くらいしか人が使わない区画の談話室《サロン》に呼び出されていたのだから、すれ違う人がいないのは当たり前だった。

人とすれ違わないのは助かった。足を必死に動かして時間を無駄にしないようにしつつ、自分の表情を取り繕う余裕をなんとか作るため、脳内で順番に事を整理する。

（ニール様と私の婚約がなくなるのは、別に、いい）

初めて会ってから、思えば四年しか経っていない。

――二人が初めて出会ったのは、今から約四年前だった。

それより前から話は進んでいただろう。だが当事者であるカリスタとニールが顔を合わせたのは、正式に婚約が成り両家の人間や仲介者が勢ぞろいした場だった。

カリスタの祖父、ブラックムーンストーン家の当主であるボニファーツ・ブラックムーンストーンは、ツァボライト男爵と挨拶を交わした後、カリスタを相手側に見せるように押し出した。

その先にいたのがニールだった。彼は地方から都に連れてこられたばかりで、酷く緊張していた。

最初に目についたのは彼の肌の色。彼の日に灼けた肌は王都で暮らしていると、あまり見ないものだ。

王都の子供はあまり肌が日に灼けたりしないように気を遣う。男児であれば運動も大事だと言われるが、それでもこの時のニールほどに……黒いと感じてしまうほどに肌が灼ける事はない。

ニールだけでなくツァボライト男爵家は男爵も夫人も日に灼けており、彼らの普段の生活がどんなものかを想像させた。

ツァボライト男爵領は王都から遠く、主産業は農業であったが土地はあまり豊かではなかった。その上、子だくさんの家系でニールは六男。そうした表面上の情報だけでも、ニールの幼少期の姿はある程度予想がつけられる。

「彼がニール君だ。我が家に婿入りし、お前の夫となる」

ボニファーツの声を聞き、カリスタはドレスのスカート部分を摘み、礼をした。

「はじめましてニール様。カリスタ・ブラックムーンストーンと申しますわ」

「ニ、ニール・ツァボライト、です」

それが二人の初対面だった。

顔合わせの後、二人は学年こそ違えど、同じ教育機関に通う事になった。

ジュラエル王国の王都……王国一の教育機関、貴族学院だ。

カリスタは元々ここに通う予定であったが、ニールはこの婚約が成った事で慌てて通う事となった、と聞いている。子沢山で王都から領地が遠いツァボライト男爵家には、子供たちを貴族学院に通わせるような余裕がなかったそうだ。

貴族学院は名の通り、元々は貴族の養育のために建てられた教育機関である。長い時を経て今では貴族以外も入学は出来るようになったが、特に裕福な一部の平民を除けば貴族の子弟しか通っていない。

生徒の数でも王国一である貴族学院は、学年が同じでも場合によっては毎日会う事はない。学年が違えば、余程努力をして予定をすり合わせたりしなければ会う事は儘《まま》ならない。

だから貴族学院にニールに続いてカリスタが通い始めた後も、二人が顔を合わせるという事は殆どなかった。

ニールが最終学年である四年生になり卒業に向けて忙しくなった事、カリスタも当主候補として選択する授業が増えた事。お互いの事情が重なり、婚約関係とはいえ最近では二人が会わない事は自然な事だった。だから会えない日が多くとも、特に気にもしなかった。

(――あの二人は、いつから関係を持っていたの？)

二人の顔合わせの場にはヘレンはいなかった。その後、婚約者としてニールと過ごした時間の中でも、ヘレンが一緒にいた記憶はない。

つまりヘレンは、カリスタの知らない所でニールと関係を深めていたという事になる。

だとするとカリスタが気が付くのは難しい。婚約者と言えど、ニールの生活全てを把握しているわけではないのだ。

だが、いつから関係を持っていたにしろ、カリスタと婚約関係にある状態で、カリスタの義理の妹である女性と関係を深めたというのなら、それはあまりにも不誠実だ。

確かに冷めた婚約関係だったとは思う。カリスタはニールに恋をしなかった。愛していたわけでもない。だがそれは彼とて同じでお互い様だ。

恋してはいなかったが、カリスタはニールの誕生日や祝いの日などにはしっかりと贈り物を贈り、メッセージカードも欠かさなかった。婚約関係になってからそれらしいパーティーや集まりに参加する時には、必ずニールをパートナーとして連れて行っていた。婚約者としてするべきことはしていたはずだ。

だというのに彼はヘレンとも関係を深めていたのだ。カリスタとの婚約解消を独断で決めるほどに。……少なくともそれは他人に堂々と宣言出来る事ではない。気にしない人間もいるだろうが、少なからず批判は受ける行為だ。

ぐるぐると、考えが脳内を躍っている。

（落ち着いて。落ち着きなさい）

必死に自分にそう言い聞かせるが、沸き上がり続ける複雑な感情は止まらない。

多数の問題が起きた時、ただそれを目の前にして右往左往していてはいけない。少しずつ、一つずつでも問題を解決しなくてはならない。

（婚約解消はこの際どうでもいいわ。それよりもヘレンの方よ）

事の始まりはニールであるが、一旦ニールの事は横に置いておく。あの様子からして自分の親であるツァボライト男爵たちにまともな説明はしていない。その上で今までと同じくブラックムーンストーン家に婿入りするつもりであるというのは分かった。

そんな事よりもニールと腕を組んで幸せそうにしていた義妹の方が、遥かに大きな問題であった。

（ヘレンと、結婚？　それは別にいいわ。でも家を継ぐ？　我が家を？　どういう事。そんな事出来るわけがないのに！）

ジュラエル王国のごく一般的な常識からして、ニールの論理は最初から破綻している。

ヘレンはカリスタの義理の妹だ。実の妹ではない。

元々は既に亡くなっている祖父ボニファーツの義理の妹の孫娘で、カリスタから見れば少し遠い親戚だった。だが幼い頃に両親が亡くなった事で、ボニファーツがヘレンを引き取る事を決めてカリスタの父母に了承もなく養子縁組を結ばせたのだ。

確かに養子縁組は正式な物で、ヘレンがブラックムーンストーン家の令嬢である事も真実だ。

だがしかし、彼女には当主になるための最も重要な資格がない。

（あの子には我が家の血は流れていないのよ……？）

ブラックムーンストーンの血を少しも引かないヘレンが、当主の実の孫娘であるカリスタを押し退けて後継者になるなど有り得ない話だ。

（ニール様は、ヘレンが義理の妹だという事は把握されていても、具体的な関係性までは把握していないのかしら）

王国では養子縁組で子供を引き取るのは、親戚筋の子供が保護者を失った時や、子供が出来なかった当主の跡継ぎとする時が多い。どちらにせよ自分と血の繋がりのある相手を養子とするのが一般的だ。

養子縁組までしなくても、子供の面倒を見る方法は様々ある。なので親しい相手に不幸があって子供が取り残された……なんて状況では、基本的に金銭やその他の方法で援助は行っても、養子縁組まではしない。

だから養子縁組をしてヘレンを引き取ったという情報から、血縁者だと思い込んでしまう可能性は、確かにあった。

ニールが勘違いをしている前提で考えれば、彼の思考では同じブラックムーンストーン家の令嬢と結婚するのだから大した差がないとでも思ったのかもしれない。

（当のヘレンは自分が家を継ぐなど出来ないと……分かっていない気がする）

ヘレンの態度は、自分が跡継ぎになるのが当然というものだった。

あの態度は、よく見るものだ。

カリスタの持ち物を貰って当然。

カリスタへの贈り物を貰って当然。

カリスタの近くにいる人を自分の傍に引き寄せて当然。

昔から、いつもヘレンはそうだった。

カリスタの持ち物も、カリスタへの様々な場面での贈り物も、カリスタが仲良くなった使用人たちも……全てヘレンは自分の物にしてきた。

そこでカリスタは足を止めた。先ほどまでの廊下と違い、進んでいる先では人々の声がする。感情を顔に出してしまってもまだ許されるのは、ここまでだった。

しかし、ヘレンについて考えた時、一つの恐ろしい考えに行きついてしまったのだ。その恐ろしさに、カリスタの体は少し震えた。

その震えを抑えるように、片手で自分の胸元を押さえる。

「……大丈夫よ、流石に、流石にそんな事なさらないわ」

心の中で呟くだけでは不安が取れず、カリスタはそう言葉に出した。だがそれだけで不安が解消されるわけではない。……それでも言わずにはいられなかった。

流石に有り得ないという思いと、それでももしかするかもしれないという思いが、どちらも止められない。

大きく息を吸い込み、呼吸を整える。今すぐにどうこう解決出来ない問題で心を乱し続けるわけにはいかない。思考を切り替え、いつも通りの落ち着いた表情を作ってから、カリスタは人通りの多い廊下へと足を踏み出した。

昼食休憩の時間にはまだ余裕があるため、周囲の学生たちも焦る事もなくゆっくりと歩いている。

カリスタは今、貴族学院内の施設の一つである〝学生用倉庫〟を目指していた。

貴族学院では授業が行われる教室に生徒が移動する。

そのため基本的にその日使う教材を生徒たちは持ち歩く事になるが、人によってはその教材の量がとんでもない事になってしまう。子息ならば持ち歩く事も出来るかもしれないが、さほど重い物を持つ機会のない貴族の令嬢では運ぶのが難しい。

そのため希望者には荷物をしまう事の出来る鍵付きの棚が用意されているのだ。

倉庫は利便性の都合から学院内の中央寄りにあるが、そこに行くには渡り廊下をいくつか通る必要があった。これは後から後から建物を増築していったため、構造が複雑化しているせいだ。

渡り廊下は生徒のために屋根もつけられている。シンプルに石の敷き詰められた廊下の一つに足を踏み入れたカリスタは、女子生徒が異様に集っている事に気が付いた。

一瞬驚いたが、理由は大体想像がつく。

気にせず渡り廊下をカリスタは歩いていたが、すぐ傍の令嬢が女性特有の興奮した甲高い声を上げるので、意識せずとも会話が耳に入ってきた。

「あぁ……エメラルド様、今日も本当に素敵ね」

「ええ本当に。こうして時々拝見出来るだけでも貴族学院に来た甲斐がありますわ！」

予想通りの知った名に、意識はせずとも視線が動いた。

常日頃から手が入れられて美しさが保たれている芝生の上にベンチが置かれただけというシンプルな中庭に、数人の貴族令息が屯《たむろ》していた。

それなりに距離があるため何を話しているかまでは分からないが、顔を見れば彼らが四年に在籍している生徒である事は分かった。

四年――という事で、先ほどまで顔を合わせていたニールを連鎖的に思い出してしまい、カリスタは周りからは気付かれない程度に唇を噛みしめた。まあ堂々と噛んでいたとしても、今周りにカリスタに注目している人などいないので、気付かれなかっただろう。

カリスタがその令息たちに視線を向けた事には深い意味はなかったが、その令息たちの中心でベンチに腰かけていた人物が一人、偶然にも同じタイミングで立ち上がった。女性陣の歓声が上がる。

「お立ちになったわ！」

立ち上がる、たったそれだけの挙動でこれだけ歓声が上がるのはすごい話だが、彼の事を知ればば騒ぐ人がいるのも当然だと思える。

フェリクス・エメラルド。エメラルド伯爵家の嫡男。

カリスタの一学年上である貴族学院四年に在籍する男子生徒だ。

この国には大まかに四つの勢力が存在している。王家と王家の近親である公爵家。それから三つしかない三大侯爵家――ルビー侯爵家、サファイア侯爵家、エメラルド侯爵家。

エメラルド伯爵家は、そんな三大侯爵家の分家の一つだ。数あるエメラルドの分家の中でも、特に重要視されている分家である。

そんな家の嫡男である時点で、貴族的に見てフェリクスの価値は高い。ジュラエル王国は血筋を尊ぶので、尚の事。だというのに、彼は母親が公爵家出身のため、まさしく非の打ち所がない生まれだった。

家柄や血筋だけならばフェリクスと同等――或いはフェリクスより高い位の令息は他にもいる。そんな状況でも学院に在籍している令嬢たちからの人気が最も高いのはフェリクスだった。

何せ彼は、容姿も優れている。

母譲りの美しい黄色の濃い金の髪は若者らしく短めに整えられ、エメラルドの名を背負うに相応しい緑の瞳。髪の色や目の色は、ジュラエル王国では特に重視される容姿の部位だ。美しければそれだけ人気が高まる。

色彩だけでなく、顔も整っている。少なくともカリスタはフェリクスほど美しい男性は見た事がない。

血筋、容姿と続き、更に成績も優秀。座学だけでなく剣術馬術などの実技でも成績は頭一つ抜けていて、貴族学院では文武両道な生徒の一人として名が通っている。更に性格も良い。

唯一彼にケチをつけるとしたら、それは未だに婚約者がいない事くらいだ。

高位貴族は政略性のない結婚を殆どしない。そのため彼らはある程度の年齢になった時点で婚約者か、婚約者候補を定められる。そのため、未だに婚約者も候補もいないフェリクスには何か問題があるのではと邪推して囁く人もいるらしい。

だがなんとか絞り出したような悪口が特に根拠もないそんなものでは、令嬢たちには何の効力もない。

むしろ結婚相手がいないというのは、玉の輿を夢見る乙女にとっては好印象にしかならない。本気にしろ冗談にしろ、結婚相手がまだ決まっていない令嬢の多くはフェリクスを〝結婚したい男性〟として挙げている。

フェリクス・エメラルド――彼はまさしく、天から必要な物を全て与えられたような人物だ。

入学以降見慣れている光景ではあるが、改めてすごい人気だとカリスタは思った。

(……昔はもっと、泣き虫な方でしたわね)

人に囲まれて笑っているフェリクスを見て、ふとカリスタはそんな事を思った。だがすぐに頭を振り、その考えを消す。

普段であれば考えない事だった。昔の事をいつまでも意識しては、相手に失礼だろう。冷静さを取り戻したと思っていたが、全然そんな事はないようだ。

（そろそろ移動しなくては）

学生用倉庫から、必要な教材を取り出さなくてはならない。歩き出そうとしたカリスタの視界の隅で、フェリクスが顔を上げた。

家名通りの美しいエメラルドグリーンの瞳が渡り廊下に向けられる。フェリクス目当てで渡り廊下に集まっていた令嬢たちが興奮し、この場の気温が上がった。

それだけでは留まらなかった。渡り廊下を見たフェリクスは、ニコリと微笑んだのだ。瞬間、渡り廊下の熱気は最高潮になり、周りに物を破壊しそうなほどの黄色い歓声が上がった。

「こちらを見て微笑んでくださったわ！」

「私よ、私を見てくださったのよ！」

と口々に騒ぎ興奮する令嬢の後ろで小さくなっていたカリスタは、エメラルドグリーンが明確に自分を見ていると気が付いてしまった。顔を引き攣らせながらもなんとか小さく笑みを浮かべ、会釈し、それから速足に倉庫を目指した。

学生用倉庫に到着したカリスタは、何百とありそうな無数の棚が並ぶ倉庫の中を迷わずに歩いた。使い慣れているので、目をつむっても自分の棚に辿り着く自信がある。

自分の棚の前に立ち、鍵を回す。ドアを開いて中にしまっている教材の中から次の教材を集め、移動時に使っている鞄に入れる。忘れ物がない事を確認してから鍵を閉めて、倉庫の外へと出た。

「カリスタ！」

自分の名を呼ぶ声にカリスタは廊下を見渡した。そして輝かしい金色がカリスタに向かって歩いてきているのに気が付いた。

「カチヤ。どうしてここに？」

「このぐらいの時間帯なら、そろそろ倉庫に荷物を取りに来ているだろうと思いましたのよ。同じ授業を取っているのだから、一緒に行きましょう？」

「ええ」

カリスタは小さく微笑んで頷いた。拒絶する理由などあるはずもなかった。

カリスタの横に並んだ黄色の濃い金髪にエメラルドグリーンの美女の名前はカチヤ・エメラルド。カリスタの親友だ。

先ほど遠目で見かけた学院の人気者フェリクス・エメラルドの、実の妹でもある。

カリスタとカチヤは幼い頃に縁があって知り合い、以降も長い間手紙でやり取りをして友好を深めていた。所謂《いわゆる》幼馴染、というものである。こうして貴族学院に来てから再会し、今ではカリスタが最も親しくしている友人となった。

カチヤは家の教育方針から、当主教育を受けている。そのため学院に入学してからの三年間、カリスタはカチヤと離れている時間の方が短いくらいである。

フェリクスという兄がいるのだから受ける必要がないのではという人もいるが、家の方針と本人の希望もありカリスタと殆ど同じ授業を受講しているのだ。

二人はいつものように、肩を並べて何てことない日常の会話を始めた。

「昨夜の晩餐に、辛ナスが使われたスープが出てきたの。わたくし、あの辛さはどうしても口に合わなくて……」

「それほど辛いのね」

「以前食べた時は本当に、口の中で薔薇の棘が暴れまわっているような辛さでしたのよ。でも今回は随分とまろやかに料理人が作っていたのだけれど……どうしても前の事を思い出してしまって。駄目ね」

「棘が……何だか私が思っているより辛いのね」

カリスタは本物の辛ナスを食べた事も、見た事もない。やや細長い、赤色の豆のような食べ物だと聞いた事はある。

「ええそうよ。本当に本当に辛いの。もしどこかで辛ナスの料理が出てきたのなら、カリスタも気を付けてちょうだい。……それにしてもあれほど辛いのに、お父様もお母様もフェリクスも、何て事ないとばかりにスープを飲み干すのよ。信じられないですわ」

カチヤはその時の事を思い出しているのか、少しだけ眉根を寄せていた。

移動しているうちに、昼食休憩の終わりが近くなってきた。

周囲の人々も次第に動きが忙しなくなってくる。

「昨日発覚したのですけれど……お母様ったら、わたくしに内密に、精天祭《せいてんさい》のドレスを作っていたみたいですの」

「まあ」

「わたくしに相談もなしによ。わたくし、デビュタントもしていない幼子と思われているのかしら。信じられないわ」

「まあ……」

「お母様と喧嘩してしまいそうだったのだけれど、お父様が間に入って、次にドレスを作る時は勝手に作らないと約束してくださったわ」

「そうなのね………」

　横幅が十分にある廊下を、カチヤと共に歩きながらもカリスタの思考の隅で、ニールの顔と声がちらつく。正直に言えばカチヤとの話にもあまり集中出来ていなかった。カチヤの話をちゃんと聞きたいという思いはあるのだが、どうにもニールとヘレンの事が頭を過ってしまう。

　意識しないようにとすればするほど先ほどの一件を思い出してしまい、どうにもならない。意識を切り替えようとあれほど思ったのに。

　カリスタの相槌が曖昧だと気が付いたのか、カチヤはそっとカリスタの顔を覗き込む。

「カリスタ、どうかしましたの？」

「……ごめんなさいカチヤ。ちょっと考え事をしてしまっていたわ」

「構いませんわ。ただの雑談ですもの。わたくしこそ、一方的に話してしまったわね。……それにしてもカリスタがそんなにぼんやりしているのも珍しいですわ。ツァボライト様と何かありましたの？」

カチヤはこの休憩時間に、カリスタがニールに呼び出された事を知っている。なのでそう尋ねてくるのは当然の事でもあった。カチヤとの関係は長くそれなりに深い。今の言葉にカリスタを心配する意味はあっても、妙な勘繰りなどはないと分かっている。

それでも他人からニールについて質問された事に、カリスタは意味もなく焦りのようなものが湧き上がってくるのを感じた。

ニールから婚約解消を申し出された事に自分の心は少しも揺れなかったと思っていたけれど、もしかしたらそうでもないのかもしれない——そんな風に自分の事を振り返りながら、カリスタはカチヤには曖昧な返事をする。

「……まぁ、そうね」

ハッキリと返事をしなかった事でカチヤも何かあったと気が付いただろうけれど、周辺に沢山の人がいる場で深掘りするなんて愚行はせず、カチヤは「そうなのね」と引き下がった。

婚約の事が絡んでいるとなれば、ハッキリとした結論が出るまでは他家の人間であるカチヤにはうまく説明が出来ない。そう思いながら再度「ごめんなさい」と謝罪すると、カチヤはいつもの通り、自信に満ち溢れた顔で言った。

「謝りすぎですわ。それよりも、何かわたくしでも助けられる事があったら教えてくださいね」

「……ええ。ありがとう、カチヤ」

何事においても自信に満ちているカチヤは、カリスタには時々眩しい。

カリスタは一旦ニールとヘレンの事を意識の外に置くよう努力をしながら、廊下の角を曲がった。

その瞬間、カリスタの体に衝撃が響く。

真正面から何かに勢いよくぶつかり、カリスタは跳ね飛ばされてそのまま尻もちをついた。手に持っていた鞄が床に落ち、中の教材が散らばった。

「カリスタ！」

「あ、あぁぁ申し訳ない！　すみません、すみません！」

廊下の曲がり角で人とぶつかったのだと認識し、カリスタは顔を上げる。とても慌てた様子で混乱している男子生徒があわあわと立っていた。カチヤはカリスタの傍にしゃがみ込んでそっと肩を支えてくれた。

「あ、あの、その、俺っ、えっと」

男子生徒自体にカリスタは見覚えがない。様子からして、まだ入学して日の浅い一年生の誰かだろう。

「すみません、すみません……」

男子生徒からはぶつかった事に対する謝罪は出るが、未だ床に尻もちをついたままのカリスタの前で右往左往するばかり。床に散らばっているカリスタの教材に顔色を悪くはするものの、チラチラと廊下の先にも視線がいっている事から、早く目的地に向かいたいという思いが透けて見えた。

　カリスタが気が付いたのだから、勿論カチヤも気が付く。

「ちょっと貴方。レディにぶつかったというのに、謝罪だけですの？」

「えっ！　あ、その、す、すみません、すみません……」

「カチヤ。落ち着いて。……先を急いでおられるのでしょう。行ってくださいませ」

　カチヤの袖をそっと引き、男子生徒を見上げながらそう言うと、彼は顔色の悪いまま、最後にもう一度「すみませんっ」と叫んで走り出した。あの速度で走っていたのなら、廊下の曲がり角でぶつかってしまったのも仕方ないと思える。

　相手がもう少しゆっくり動いていたなら、気が付いた時点でカリスタにも避けようがあっただろう。

　散らばった教材を見る。以外と広範囲に飛んでしまった物もあり、ついため息が漏れた。

「ごめんなさいカチヤ。先に行っていてくれないかしら」

「何を言ってるのよ。一緒に集めましょう。二人で集めた方が早いに決まっているわ」

　そういうものの、カリスタ以上の生粋のお嬢様であるカチヤに床に散らばった教材集めを手伝わせるのは、いささか気が引けた。鞄から少し散らばった程度ならば良かったのだが、はずみが強かったのか教科書はすべって広がって、そのほかのペン類などが転がっていってしまっている。

　気持ちは有難いものの、手伝いは不要だと……どう説得したものかと思った瞬間、カリスタの視界の隅で、廊下に悲しく転がっていたペンが拾われた。誰が拾ったのかと顔を上げると、すぐ横にいるカチヤとよく似た美しい黄金色と、エメラルドグリーンの瞳と目が合う。

「エッ」

驚きから淑女としてあるまじき声が出そうになるのを、すんでの所で飲み込んだせいで変な音が口から漏れる。幸いにも周囲の人間のざわめきでそれは誰にも拾われなかった。

カチヤもそこでペンを拾った新たな人物の登場に気が付いて、振り返る。

「あらフェリクス」

つい先ほど、中庭で女性たちから歓声を浴びていたその人がそこに立っていた。

「手伝ってくださるの？」

「勿論さ」

「い、いえ！　大丈夫です。一人でもすぐに集められますので……」

兄と妹で勝手に話が進みそうになり、カリスタは慌てて声を上げた。それから近場の荷物を、少しだけ雑に鞄に詰め込む。

大丈夫だから放っておいてくれ——そんな意味合いの行動だった。その事にフェリクスもカチヤも気が付いているだろうに、全く目に入ってないとばかりに話が進む。

「困っている女性を放っておいたり出来ないさ」

フェリクスはあっさりとそう答え、カリスタの転んだ位置から少し離れた所に転がっていた荷物を拾い集めてくれた。

カチヤの手伝いもあり、自分のすぐ傍に散らばった荷物をしまい終わる。最後にフェリクスから渡された荷物も鞄にしまうと、目の前に手が差し出された。気が付くのがもう少し遅ければ自力で立っているのだが、手を差し出しながら微笑を浮かべるフェリクスと目が合ってはどうしようもない。

「カリスタ嬢」

「……ありがとうございます、エメラルド様」

諦めて、フェリクスの手を取って立ち上がる。周りの貴族令嬢たちからの羨望の眼差しが刺さるが、それでもそこまで刺々しいものはない。

普通であれば嫉妬を受けるだろう場面であるが、そこまできつい視線が注がれていないのは、カリスタがカチヤと親友だと知っている者が多いからだ。妹の友人に丁寧に接するのも、多少親し気になるのも、どちらも当然だろうと考えられているためである。もしそういう理由もなくカリスタがフェリクスと話していれば、恐らく女性たちからの反感を強く買っていただろう。

カリスタは立ち上がってから、再度フェリクスに対して礼を言った。フェリクスの返答は爽やかだ。

「二人とも、次はマクシミリアン教授の授業か。私はダン教授の授業でね、途中まで共に行くというのはどうだ」

フェリクスの提案は特別拒否する内容ではない。マクシミリアン教授が授業を行う教室とダン教授が授業を行う教室は同じ並びにあるので、どちらにせよ向かう方角は同じだ。

カリスタはカチヤの方を見た。貴族学院では実際の社交界と違い、身分の上下やそれに伴うマナーを遵守する必要はない。それでもこの場でカチヤに先んじてカリスタが返事をする事は出来なかった。

「あら。家でも学院でもフェリクスの顔を見続けなければならないなんて、酷い提案だわ」

「随分な事を言ってくれるじゃないか……」

「事実ですもの。……カリスタ。わたくし、先に行きますわ。愚兄の相手をお願いしても大丈夫かしら？」

つまり、カチヤは一人先に行き、フェリクスとカリスタが二人で廊下を歩く事になる。

正直に言うと、お断りしたい。カチヤがいるのならばともかく、二人きりでは……またあの話題を出される可能性が高かったから。

しかしカチヤの願いに断りを入れる正当な理由も特に思い浮かばず、カリスタは少しだけ迷ってから頷いた。

「……分かりました」

「わたくしの我が儘を聞いてくれてありがとう。それでは、あとでマクシミリアン教授の教室で！」

カチヤは軽やかな足取りで歩き出した。残ったのは、フェリクスとカリスタの二人だけ。

カチヤの背中を見ながら、フェリクスはため息をついた。

「……全く。我が妹ながら、気まぐれというか……我が儘が過ぎるな」

「我が儘でも可愛らしいものですわ、エメラルド様」

本当に可愛くない我が儘というものをカリスタは知っている。だからこそ、するりとそんな言葉が漏れた。

学院の中でも注目度の高いエメラルド伯爵家の嫡男と並んで歩くとなると、カリスタにも自然と注目が集まってくる。だがそれで不安を覚えて背中を折っていては後継者として相応しくないだろう。意識して、背筋を伸ばす。

「そういえばカリスタ嬢」

名を呼ばれ、横を歩く美青年を見上げる。女が羨むほどに長いまつ毛が彼の目が動くのに合わせて揺れる。彼が少しだけ不安げな顔を見せたのを見て、カリスタは振られる話題が分かってしまった。

「呼び方については一考して貰えただろうか。我々も知り合って長いのだから、フェリクスと是非呼んで欲しいのだが。カチヤのように。昔は呼んでくれていただろう?」

案の定である。

名前で呼んで欲しい――それは、以前からフェリクスに頼まれている事だった。

そう。カチヤがカリスタにとって幼馴染であるように――フェリクスもまた、幼馴染と呼べる関係性であった。幼い頃、三人で遊び、時にはカチヤがおらず、二人きりで遊んでいた事もある。

確かにあの頃は、お互いの立場の差を殆ど理解していなかった。だから軽い気持ちでファーストネームでフェリクスの事を呼んでいた。

だが呼べるわけがない。貴族学院でフェリクスから名前呼びをされ、親しげに会話をしていても許容されているのは、カチヤの親友だからだ。更に、フェリクスに対しあくまでもカリスタは一歩引いた態度を取っている。この二つによってギリギリで保たれているような均衡だというのに、もしここでカリスタがフェリクスを名前で呼んだりし始めたなら、きっと周囲からは強い追及が来る事だろう。

このファーストネームで呼び合おうという話の始まりは最近ではない。カリスタが貴族学院に入学して少し経った頃まで遡る。

お互い家の後継者という立場のため、フェリクスとカリスタの取る授業は似通っていた。そのため、ある授業で顔を合わせる事となったのだ。

「本日はよろしくお願いいたします、エメラルド様」

貴族学院でのフェリクスの人気は知っている。それもあり、カリスタは無難に家名で彼を呼んだが、久方ぶりに再会した年上の幼馴染は酷く驚いたような顔をした。

「どうしてそんなに他人行儀なんだ？　共に家で遊んだ仲だろう俺たちは」

幼い頃使っていた素の一人称が漏れるぐらい、驚いていたらしい。俯き気味だったカリスタの顔を覗き込み、フェリクスは頭を上げてくれと懇願した。

「学年が違うから、カチヤのように中々話す機会を得られなかったが……また会えて嬉しいよ、カリスタ」

・・・

その呼びかけは懐かしいものだったが、周りに聞かれれば一大事だ。

大慌てで他の女生徒に対する呼び方と同じで良いと——つまりブラックムーンストーン嬢と呼

んで欲しいとお願いしたわけだが、それは聞き届けられなかった。お互いに話した結果、カリスタ嬢という、今の呼称に落ち着いたのだ。

あの時の会話は、余程フェリクスにとって衝撃的だったらしい。それからというものの事あるごとに名前で呼んで欲しいと頼まれるようになるとは、再会した時は思いもしなかった。

歩く足は止めず、カリスタは前を向いたまま答えた。

「………エメラルド様。そのお話については、以前お答えいたしましたが、まず私ではエメラルド様とは到底、家格が釣り合いません」

エメラルド伯爵家は……三大侯爵家の一角であるエメラルド侯爵家の分家でも、特に注目を受ける立場だ。かの家の領地は国内でも特に高い品質と言われるダイヤモンドを採掘できる鉱山を有し、王家に納めているのだ。

全ての王侯貴族が宝石の名を家名とし、国内でも様々な宝石が産出されているジュラエル王国であるが、王家と公爵家のみが名乗る事が許されているダイヤモンドはその中でも注目度が高く、様々な祭典などで必要不可欠な宝石だ。その鉱山を持つという事は、国の中でも重要なポジションに立つのとほぼ同義だ。

一方でカリスタの生まれ育ったブラックムーンストーン家は、爵位の上下でも伯爵家に劣る子爵家であるし、領地だって持たない貴族である。官僚貴族、などと言われる家柄だ。代々当主や家に属する人間が王宮などで働く事で暮らしてきているのだ。その俸給がなくなれば、一気に家が傾きかねない。世襲出来る爵位であるので、一代限りの貴族より立場はマシではあるが……とてもとてもエメラルド家と並べる家ではない。

「それを言うのであれば、カチヤとて同じじゃないか」

「えぇ、確かにそれだけではカチヤとて同じですわね」

否定はしない。だが、という言葉の続きをどう伝えたものか。

やはり一番の問題は、フェリクスが男性で、カリスタが女性である点なのだ。性別が違うと、傍にいるだけで誰も彼もが勘繰ってくる。

カチヤと親しく過ごしていても、人々は令嬢同士が仲良くしているだけだと取る。ところがフェリクスと親しく過ごしている所が見られでもすれば、次の瞬間にはすごい勢いで問い詰められる事になる。

それが分からないフェリクスではないはずなのだが、何故かこの話題に関しては納得出来ないらしく、こうして度々蒸し返されては遠回しにお断りを入れる、というのが繰り返されていた。

「…………どうしても駄目なのか？」

美しい顔が少し悲し気に歪むのを見るのは、心が痛む。美形の得だと、つくづく思う。

こほん、とカリスタは小さく咳払いをした。

「……エメラルド様。私たちはもう、家の名を背負って動く立場ですわ」

デビュタントを終えた貴族の子供は、全てが一人前と見なされる。若いからといって失敗に対する対応が甘くなることがあったとしても、社交界に出ているのなら良い事も悪い事も、全てが家に直結してしまうのだ。

「もう、幼子ではないのですから」

難しい事など何も考えず楽しく三人で過ごしていた日々を再現するのは、難しくなったのだ。

フェリクスを見上げながらカリスタは懐かしんだ。

カリスタが幼い頃、父親の仕事に付いて行く形で、王都を離れていた時期があった。その行先が南のエメラルド伯爵領エノルディだった。そこでカリスタは、フェリクスとカチヤの兄妹と出会ったのだ。

王侯貴族ともなるとある程度顔が整っている者が多いが、それでもあれほど美しいと思う兄妹に会ったのは、あれが初めてだった。義妹となったヘレンも美少女であったが、それに劣らぬ美しい子供に、最初は酷く緊張したものだった。

エノルディで暮らす間、カリスタは何度も二人と遊んだ。それは今でも懐かしい、カリスタの大切な思い出だ。否定はしない。だが、過去は過去。今は今と考えなければならない。

彼の立場上、気を抜いたり安心して話せる異性というのは少ないのかもしれない。幼い頃から際立つ美少年であったし、今でもこれほど美しいのだから、カリスタと再会するまでに多くの女性と関わったはずだ。しかしその女性たちは気兼ねなく楽しくお喋りだけするという相手ではなかったと想像出来る。

だから気が楽に話せる相手が貴重で、これほどカリスタに友人関係を求めるのだろう。

だが友人ならば、普段傍にいる同性の方が余程相応しい。

「それに、もし私と名前で呼び合うような関係になってしまったら、エメラルド様が今後お付き合いされるご令嬢にご迷惑をお掛けするかもしれませんわ」

　実際、後からフェリクスと婚約する事になった令嬢は、彼の傍にカリスタのような女がいたら嫌だろう。カチヤとの関係はお互いに結婚した後も続けていけるかもしれないが、フェリクスとは疎遠になる。

「――私は、結婚するのなら――」

「？　申し訳ありません。よく聞こえませんでしたわ。何と仰りました？」

　フェリクスの声が小さく、聞き取れなかった。申し訳なさを感じながらそう言うと、数秒の沈黙の後にフェリクスはいや、と頭を振った。

「大した事じゃない。気にしないでくれ」

　ニコリといつもの微笑を浮かべるフェリクスに、カリスタは「そうでございますか」と当たり障りのない返事をする。……カリスタ越しに微笑を見た令嬢たちが廊下だというのに甲高い声を上げていたが、最早それには触れない方が良いかもしれない。

「そういえば」とフェリクスが話題を変えた。「カリスタ嬢。……何かあったのか？　少し疲れているように見える」

　フェリクスの言葉にカリスタは驚いたが、出来る限り表情には出さないように意識した。自分の驚きや狼狽えがすぐ顔に出てしまっては、貴族社会でやっていくのは難しい。相手が自分への明確な悪意がなくとも、である。

「そのように見えますか？」

あくまでも見当違いな事を言われた、という顔をして小さく首を傾げる。

カチヤと違い、フェリクスはニールとカリスタが会っていた事を知らないのだから、細かい説明をして混乱させるのも申し訳なかった。なので誤魔化そうと思ったのだが、フェリクスは周りには聞こえぬように少し声を低くしながら、まっすぐにカリスタを見下ろして頷いた。

「ああ。……困った事に巻き込まれたのなら、教えて欲しい。君を助けたい。……私には言い辛ければ、カチヤでも構わない」

カリスタは歩きながらも軽く目を伏せて、小さく息を整えた。

「何でもございませんわ。それこそ、大した事では。……御心配いただき、ありがとうございます、エメラルド様」

「…………そうか。なら良いんだ」

これ以上聞いて来ないでくれという線引きを、フェリクスはしっかりと理解して、今度こそ踏み込んでくる事もなく引き下がってくれた。

そこからは少しの気まずい沈黙を保ったまま、二人は歩いた。少し歩いてから、カリスタは前方に既に教室に行ってしまったはずの姿を見つけた。

「……カチヤ?」

「あらカリスタにフェリクス。もう追いついてしまったのね」

先に行ったはずのカチヤが、廊下に立っていた。いや、廊下に立っていたのは彼女だけでない。他の学生たちも荷物を抱えて立っていた。困った顔、興味津々という顔をしている者など表情に違いはあったが、見ている方向は皆一緒だった。

二階へと上がる、折り返し式の階段。その、上と下の真ん中にもうけられている長方形の踊り場。そこが人々の視線の先だった。そこへ視線をやれば、多くの学生が立ち止まっている理由が分かった。

「……まあ」

どうやら階段の踊り場の真ん中で、何やら二人の生徒が争っているらしい。

「困った事でしょう？　どこのどなたかは存じ上げませんが、迷惑にも程がありますわ」

「終わりそうにない……のであれば、他の階段を使う事を検討した方が良いでしょう」

カリスタはそう提案したが、カチヤの反応は良くない。

「問題を起こす者にこちらが折れなくてはならないというのは、気分が悪いですわ」

カチヤの気持ちは分からなくもなく、カリスタは苦笑した。二人が向かう教室はこの階段が最も近い。だからこそ、この階段に向かって歩いていたのだ。他の階段を今から使うという事は結構な遠回りになる。

だが幸いにもまだ時間に猶予があるので、今すぐ移動をし始めれば問題ないだろう。そうカリスタが親友を説得しようとした時、軽い声でフェリクスが言った。

「止めてくる。二人とも、万が一がないように少し離れていなさい」

そう言うと、フェリクスはあっという間に人の波を掻き分けて進んでいってしまった。カリスタが止める間もなかった。

あっという間に階段を上がっていったフェリクスは、暴言から暴力へと段階を移動させようとしていた生徒の腕を掴む。

会話は、距離があったので正確に聞き取れない。だが動きは見えた。

怒鳴っていた生徒は振り上げた拳を止められて、怒りの矛先をフェリクスへと変えたようだ。そのまま振り返り、今度はフェリクスへと握った拳を向けた。きゃあ、と見ていた人々は悲鳴を上げた。だが拳が振り下ろされるよりも、フェリクスがその手首をつかみ、ぐるりと体勢を変えて生徒の腕をひねり上げる方が早かった。

そこでやっと、怒鳴られていた方の生徒が動く。生徒は必死にフェリクスに頭を下げていた。それは助けられて喜んでいるというには違和感があった。むしろ自分がした悪事を必死に謝罪している人間のような動きで……それで、カリスタは察した。

恐らく、騒ぎを起こしていた二人は身内なのだ。片方が裁かれれば、もう一人も連座されかねない立場と思われる。

フェリクスが怒鳴られていた側の生徒に何かを言い、生徒は何度も何度も強く頷く。それで解決したのか、フェリクスは怒鳴っていた生徒を放した。明らかに不服そうな顔をしていたものの、怒鳴っていた生徒がフェリクスにもう一度絡む事はなかった。何故なら怒鳴られていた側の生徒が、強い力で怒鳴っていた生徒の腕をつかみ、無理矢理階段を下り始めたからだ。

階段下に溜まっていた学生たちは彼らに関わらないようにと左右に避ける。喧嘩の行く末は気になっても、当事者には関わりたくないのだ。当然カリスタとカチヤも距離を取った。

怒鳴られていた生徒は周囲に「申し訳ありません」と頭を下げながら歩いていた。

一方で、問題を起こした本人はちっとも悪びれた様子がない。あの様子からして、今日は良くても今後また何か問題を起こす可能性はかなり高いだろうと思われた。

カリスタは謝っていた生徒に同情した。赤の他人という顔が出来ない近さに問題児がいると、しわ寄せは真っ当に過ごそうとしている方に来るのだ。

そんな事を思っていると、いつの間にやらフェリクスは階段を下りてきて、カチヤとカリスタの下まで戻ってきていた。

「さあ、行こうか」

「流石ね、フェリクス」

「ありがとうございます、エメラルド様」

カチヤはフェリクスの行動を褒め、カリスタは丁寧に礼を言う。それにフェリクスは大した事ではないと言い、二人の令嬢を階段の方へと誘った。

やっと使えるようになった階段を使い、三人は再び教室に向かい始めた。

「教室に向かっているだけなのに、なんだか疲れましたわね、カリスタ」

「……ええ。私はそこまで聞きませんでしたが、大声を上げられていたみたいですし。……男性の大声は、圧がありますものね」

それが近くで発されると、余計に恐ろしい。多少は慣れていてもそう思うのだから、荒事に慣れない令嬢などは、距離があったとしても先ほどの一件はとても恐ろしく感じたのではないだろうか。

そんな会話をしているうちに、マクシミリアン教授の教室の前に着いた。カチヤがぱちんと手を叩く。

「ではフェリクス。ここでさよならね。さあ、自分の教室に行って良いわよ」

「お前はどうしていちいち喧嘩を売るような言い方しか出来ないんだ……？　はぁ……カリスタ嬢。カチヤの事を頼むよ」

「まるでわたくしがカリスタにいつも迷惑をかけているような言い方をしないでくださいませ！」

カチヤは眉を吊り上げてフェリクスを睨んでから、先に教室へと入っていった。カリスタは親友の少し子供っぽい態度に、つい面白くなって笑ってしまった。勿論、淑女らしく口元を押さえてほんの少し声を出すだけだ。

その様子を見たフェリクスは、目尻を下げた。

「……笑顔の方が、君には似合う」

「……え？」

突然の言葉に驚いて、顔を上げる。しかしフェリクスとは目が合う事はなかった。す、と彼が視線を逸らしたためだ。

「……ではまた、カリスタ嬢」

「あ……はい。エメラルド様」

カリスタに背を向けようとするフェリクスの表情はいつも通りだったが、美しい金糸の中に隠れた彼の耳が、ほんのわずかに赤かった。

「……？」

それほど気温が高かったという記憶はない。カリスタは教室の入口で少し首を傾げた。しかしフェリクスの背中が見えなくなるよりも先に、教室内にいたカチヤがカリスタの名前を呼んでいるのに気が付き、慌てて親友に答えて教室内へと足を向けた。

第二粒　黒くない義姉《あね》と黒髪の義妹《いもうと》

カチヤと共に過ごしていた事もあり、それ以降、カリスタがニールやヘレンの事を思い出す事はなかった。しかし家へと帰宅する時間となると、流石に忘れ続ける事など出来るはずもない。

カチヤと別れて一人、到着していたブラックムーンストーン家の馬車に乗り込む。いつもの馭者が、いつも通りやる気なさげに馭者台に腰かけていた。

この馬車はカリスタと義妹のヘレンの二人の送迎を目的として停まっているので、ヘレンが来なければ出発する事はない。それを分かっているカリスタは一人、教材を開いて今日受けた授業の振り返りをする。ヘレンがすぐには来ないと知っていたからだ。

ヘレンは、カリスタが今日一日新しく習った事柄を見直して次回の予習まで終えようとしているタイミングで現れた。馬車のドアを開く前から、騒がしい男女の声が聞こえてきたのでヘレンと分かったのだ。

カリスタは荷物をしまい、窓からそっと外を見た。

ヘレンはいつも通り、美しい黒髪をおろしている。彼女が楽し気に動く度に、長い髪は揺れている。

その周囲には五人ほどの令息たちが集まっている。彼らはヘレンの仲良しな友人だ。

「また明日、ヘレン嬢」

「ええ、また明日ねっ」

「へ、ヘレン嬢！　明日は僕と一緒に食事をしないか？」

「おい何勝手に！　ごほん。俺もヘレン嬢と食事を共にしたいんだが」

「勿論よ。明日もご飯を一緒に食べましょう」

　カリスタは眉を顰めた。発言の問題点はさておき、ヘレンはニールと婚約するつもりなのだろう。そうであるにもかかわらず、ニールではない令息と親しく過ごそうとする、彼女の気持ちが分からない。

　馬車のドアが開いた。カリスタはそっと目を伏せて、ドアのすぐ外にいるヘレンの友人たちと目が合わぬようにした。出来れば関わりたくない相手たちだからだ。

　ヘレンは友人の一人に支えてもらいながら馬車へと乗り込んでくる。カリスタの正面に腰かけた後、ヘレンは馬車の外にいる友人たちに手を振った。外から友人たちが明るい声で本日の別れを告げ、ドアが閉められる。

　ヘレンが学院に入学してまだそう長い月日は経っていないが、彼女はこうして友人に囲まれている。しかしその友人は——誰も彼もが男ばかりなのだから困ったものである。

　男性との関わりが駄目というわけではない。カリスタとて今日のようにフェリクスと話をする事もあるし、同じ授業を取っている令息と雑談をする事もある。

　だが、異性しか親しくしている人がいないというのは、少し問題だった。

　馬車が出発する。ヘレンは窓の外の景色を見ながら、酷く上機嫌であった。鼻歌を歌い、馬車の揺れに合わせて左右に揺れている。

走り出してから少し時間が経った所で、カリスタはヘレンの顔を見た。

「ヘレン」

カリスタに名前を呼ばれたヘレンは、そこで初めて同乗していた義姉に気が付いたとばかりに顔を向けてくる。

「はぁい？」

声は何だか緩い、こちらの力が抜けるものだ。だが、カリスタを見るヘレンの目にはほんの少しの……侮り、のようなものが見える。いや、優越感だろうか。少なくとも、心地の良いものではない。

「本日の昼食休憩の時の事だけれど」

「ああっ！　おねえ様、ニール様との婚約をやめてくれてありがとうね！　わたし、本当に嬉しいわあ！」

勢いよく、ヘレンはカリスタとの距離を詰めた。鼻と鼻がぶつかりそうなほどに距離を詰めてくるので、カリスタはのけ反り、壁に後頭部をぶつけた。

「ニール様ってとっても素敵よね！　背が高くて格好良いし、いつも優しいし、わたしの話を聞いてくれるし、いつもお願い聞いてくれるし、わたしにね、可愛いねっていつも言ってくれるの。素敵でしょ？」

何が言いたいのかよく分からなかったが、そこまでニールを褒めちぎるのであれば先ほどの行動は何なのだという疑問がカリスタに湧き上がる。

「ヘレン。それほどニール様を大切に思うのなら、すぐにでも先ほどのような行動は止めなさい」

「……さっき？」

「ええ。貴女がニール様と婚約するのは別に構いませんが、不特定多数の異性とだけ、過度に仲良くするのは」

「ひどい！」

カリスタの説教を遮り、ヘレンは大声を上げた。

「おねえ様、どうしていつもいつもわたしの事をいじめるの？」

「いじめではないわ。これは貴女の事を心配して」

「嘘よ！　わたしを心配してるなら、わたしの友達の悪口なんて言わないわ！」

「貴女の友人の悪口など言っていません。貴女の行動について」

「ひどいひどい！　わたし何も悪い事してないのに！　おねえ様はわたしにひとりぼっちになれって言うのね！　うわあああああああああああああん！　うわあああああああああああああああああああああああああん！」

（……始まってしまった）

もう少し、後ほんの少しだけでも冷静に会話が出来るかもしれないと思ったカリスタが悪かったかもしれない。

恐らく外にも鳴り響いているだろうほどの大声でヘレンは泣き喚き始めた。その場で何度も何度も座席を叩く。左右均等の美しい両目からはボロボロと涙が溢れて彼女の頬を伝い、制服へと落ちる。

こうなってはカリスタも何も言えない。言える状況ではない。

大声で泣き喚くのは、ヘレンの最終武器だった。

泣いている人間に強く言い続ける事が出来る人は多くない。二人きりであればまだしも、他人の目があれば周りから「泣かせている」と思われてしまう。理由が何であれ、責められるのは「泣かせている」方だった。

結局、周りの目に耐えられず、カリスタが折れる事になるのだ。

この調子では聞きたいと思っていた事を聞き出すのも無理だろう。

(……この様子では、駄目ね)

ヘレンは大声で泣き喚き続けている。カリスタが謝るのを待っているのだろう。だがもう、カリスタにはそんな元気はなかった。

耳は連続で届く爆音でおかしくなってしまいそうだが、ヘレンの機嫌が良かったとしても延々と聞きたくもない彼女の話を聞かされる羽目になるのだろうと思うと、まだ意味のない泣き声の方が幾分かマシかもしれないと思うのだった。

暫く泣き続けたものの、ヘレンは途中でカリスタが謝る気がないと分かったのか、大声を出すのを止めた。あれ以上叫び続ければ喉を痛めただろうから、それは正しい判断だ。

「あやまって」

カリスタは億劫に、義妹を見た。ヘレンは目元を赤くして、庇護欲をそそる姿でカリスタに主張する。

「あやまって、おねえ様！」

「ごめんなさい」

全く以て棒読みの言葉だった。とりあえず言っておけば相手が満足するので、言っただけの言葉だ。

言葉を尽くして謝る気力はないが、相手が泣き喚くのを止めるのならば安いものだろう。

感情のない謝罪を聞いたヘレンは、一転して笑顔になった。それから、カリスタが知りたくもない、今日あった楽しい事を話し始めた。ヘレンとニールが揃って・・・カリスタに婚約解消を告げた後、二人は仲良く食事を取ったらしい。だからヘレンの大事なお友達は明日は食事を一緒に取ろう、なんて言っていたのかもしれない。

ヘレンの一方的な語りは家に帰り着くまで続いた。


ジュラエル王国王都にある貴族の家が並ぶ区画、通称貴族街は、東西南北に四か所ある。広さは東部、南部、北部、西部の順に広い。

ブラックムーンストーン子爵家は北部に家を構えていた。二代目の当主が陞爵《しょうしゃく》されて子爵になった際に土地を買い、家を建てた場所に今でも暮らしているのだ。建物も二代目当主の頃から変わっていない部分が多く歴史が感じる佇まいとなっている。

玄関前に馬車が到着するとヘレンは口を閉じ、さっさと降りていく。一人取り残されたカリスタも、馬車を降りた。

玄関ホールに入ると、執事が立っていた。

「おかえりなさいませ。ヘレンお嬢様。カリスタお嬢様。ボニファーツ様がお二人をお呼びでございます」

玄関ホールに足を踏み入れるなりそう言われ、少し驚きつつもカリスタもヘレンも大人しくそれに応じる。

奉職についている祖父が、この時刻に屋敷に帰っているのはかなり珍しい。

――「大丈夫、ブラックムーンストーン家は、僕と君の義妹《いもうと》のヘレンで守っていくから」

ニールの言葉が、突如頭の中に蘇った。

嫌な予感が的中する気がしてならない。

行先は応接間だった。応接間に入ると、カリスタの嫌な予感はほぼ確信に変わった。

応接間にはブラックムーンストーン子爵家に属する人々が勢ぞろいしていた。すなわち、カリスタの祖父で当主のボニファーツ。その妻のコローナ。カリスタの父で次期子爵であるデニス。カリスタの母であるフィーネの四人だ。そこに、デニスらの娘であるカリスタと義理の娘であるヘレンの二人が加わり、総勢六名の人間が揃った事になる。

丁度、ボニファーツとコローナ、デニスとフィーネの二組の夫婦が横に並ぶように座って、向き合っていた。

　ボニファーツ同様、奉職に就いている父デニスまでが既に屋敷にいるという状況は、更にカリスタの予感を確信に近づける。

「ヘレン。こちらへおいで」

「はあい」

　ボニファーツがヘレンを呼び寄せた。デニスはそれに片眉を少し上げてから、娘であるカリスタに笑顔を向けた。

「お帰り、カリスタ。こちらに座りなさい」

「……はい。お父様」

　カリスタはデニスの指示に従い、デニスの横に腰かける。

　座った後、カリスタはまるで鏡のようだと思った。

　カリスタ、父デニス、母フィーネの三人が並び、その対面にヘレン、祖父ボニファーツ、祖母コローナが座っている。

「ヘレン。目元が赤い。何か嫌な事があったのかい？」

　ボニファーツがすぐさま、ヘレンが泣いていた事に気が付いた。ヘレンはその質問に頰を膨らませる。

「おねえ様が酷かったの。わたしに、友達とのお付き合いを止めろって」

「それは節度を持ちなさいという意味で……」

「黙れ」

ボニファーツの低い声に、カリスタは口をつぐむ。いつもであれば、ここからボニファーツの長々としたお説教が始まるところだったが、今日は説教の前にデニスが会話に割り込んだ。

「……父上。私の仕事まで早く切り上げさせてこうも人間を揃えて、何の話をなさるおつもりで？」

どうやら父デニスはボニファーツに言われ、普段より早く帰ってきたらしい。

祖父はカリスタを苦々しく見つめていたが、鼻を一つ鳴らしてから椅子に深く腰掛け直し、膝の上で手を組んでこう言った。

「カリスタとニールの婚約であるが、なくす事にした」

カリスタは息を止めそうになった。

（知っていた。お爺様は知っていた！）

ヘレンとは共に帰ってきたのだから、彼女がカリスタの知らないところでボニファーツに、カリスタとニールの婚約解消の話を伝える事など出来るはずがない。

学院にいる間にボニファーツに連絡を取った……にしても、それでボニファーツからデニスに連絡を取るには時間が短すぎる。

つまり彼はとっくの昔に、ニールの意思もヘレンとの関係もきっと……知っていたのだ。

「…………突然ですね。何故です？　ニール君に何か問題でも？　まあ構いませんが、だとすれば今から新たな婿を探す必要がありますね」

カリスタが昼食時に何を言われたか知らないデニスは、少しの間をおいて、ボニファーツにそう返した。

それは本来ならば何一つおかしな発言ではなかったはずだが、ボニファーツは喉を鳴らすようにして一つ笑った。

「彼に問題があったわけではない。……そして、彼は今でも変わらず、我が家の婿のままだ」

両親が怪訝そうな雰囲気になった。唯一、カリスタだけはヘレンを見た。

ヘレンはテーブルの上に用意されていた紅茶を手に取って、幼子のように息を吹きかけて冷ましていた。

「何を仰っているんですか？」

デニスの声には困惑が強く出ていた。対して、ボニファーツは淡々と、告げた。

「私の跡継ぎであるが、お前ではなくヘレンにする事とした。それに伴いカリスタとニール君の婚約を解消し、新たにヘレンとニール君で婚約を結ぶ」

一拍おいて、デニスが口を開く。

「そんな話がまかり通るわけがない！　私という息子がいて、カリスタという優秀な孫娘までいるのに、赤の他人を跡継ぎにするだなんて有り得るものか！」

「ヘレンもお前の娘だ。まだ若いが……私とてまだまだ現役を退く気もないからな。将来的に跡継ぎをヘレンとする事には何の問題もない」

「父上。父さん。自分が何を言っているのか分かっているのか？」

デニスは必死に怒りを抑えつけたような声で言った。

「たしかにヘレンは書類上、私の娘となっている。それは否定はしない。だが、ヘレンにはブラックムーンストーン家の血は流れていないだろう！」

デニスが言葉を続けようとしたそのタイミングで、応接間のドアがノックと共に開き、執事が入ってきた。

「お客様がご到着なされました」

「お待ちいただけ。今重要な話をしている最中だ！」

デニスの言葉に執事はちらりと彼を見たが、すぐに視線をボニファーツに向ける。当主であるボニファーツに指示を仰ぐのは当然ではあった。

「お通ししろ」

「父上！」

家族で後継者について話をしている中、他者を通す事にデニスは強い嫌悪感を見せた。しかし当主であるボニファーツがそれを許してしまったのなら、止める事は難しい。

執事の案内で応接間に新たに現れたのは、ニールとその後見人であるツァボライト家の本家当主であった。

無関係と切り捨てる事の出来ない客に、デニスが不快感を無理矢理沈めているのをカリスタは感じた。

ニールの実家であるツァボライト男爵家は王都に屋敷を所持していない。ニール一人のために家を用意するほど裕福でもないため、ニールはこの婚約の仲介者であった本家が王都に持つ屋敷《タウンハウス》に間借りして暮らしていた。

　子供だけ貴族学院に行かせる際に親戚や親しい友人の家にホームステイさせるというのは、よくある事だ。預かっている以上は責任も伴うので、この場に保護者として本家の人間が現れたのはそこまでおかしくない。

「遅くなって申し訳ありません、ボニファーツ卿」

「何。ヘレンらの帰りを待っておりましてな、まだ伝えたばかりなのですよ」

　ボニファーツたちの会話の様子からして、やはりこの婚約解消から始まる一件について、蚊帳《かや》の外だったのはカリスタ、デニス、フィーネの三人だけなのだと分かる。デニスもボニファーツたちの様子からそれに気が付き、表情を険しくさせた。

　そんな大人たちと違い、ヘレンはニールが現れると立ち上がった。

「ニール様っ！　会いたかった！」

「ヘレン。少し前まで学院で会っていただろう？」

　勢いよくニールに駆け寄り……そのまま彼の胸に飛び込んだヘレンに、デニスは目つきを険しくし、フィーネは驚きから目を丸くしながら、そっとその光景を視線に入れぬように顔をそらした。カリスタは二度目の熱烈な二人の行動に何とも言えない気持ちになり、ただその様子を眺めていた。

「今ならまだ冗談ですませられます」

デニスはボニファーツやニールの後見人を見ながら、そう言った。膝の上で握られた手が、ギチギチと音を立てている。

ニールの後見人は顎鬚を撫でながら飄々と口にした。

「この件に関しては男爵家――ニール君に一任していますので」

ブラックムーンストーン側の跡継ぎが誰だろうと興味がないと言いたいらしい。

デニスはニールを睨んだ。一応、ニールには多少の罪悪感があったらしい。カリスタに対して解消を告げた時はあれほど平然としていたのに、デニスに睨まれると少しだけ視線が泳いだ。

が、それもほんの少しの間だけ。ヘレンと手と手を取り合い、身を寄せ合いながらニールが宣言した。

「私はヘレンを愛しているのです！」

「ニール様……！」

ヘレンはうっとりとした目つきでニールを見上げ、彼の横に寄り添った。彼らの行動を微笑ましく見るのは、ボニファーツくらいだった。デニスは冷えた視線をニールに向ける。

「それはつまり、カリスタと婚約関係にありながら、不貞を働いたという事か」

「い、いえ、それは、その……」

「おとう様っ、ニール様を責めないで！」

デニスの追及に口ごもるニールの前にヘレンが両腕を広げて庇うようにして出てきた。

「どうしてニール様を責めるの？　おねえ様とは婚約していたけれど、政略で愛なんてないのでしょう。だってわたし、おねえ様とニール様がデートしてる所も、二人で仲良く寄り添ってる所も、一度だって見た事ないわ！　ね、そうでしょ、おねえ様。別にニール様の事、愛してなかったんでしょう？」

ヘレンに問われ、カリスタは周囲の視線が自分に集まったのを感じた。油断していたため、ヘレンの言葉を否定出来ず、カリスタは口ごもりそうになったが、それでもなんとか返事をする。

「わ、たしは、確かにニール様との関係は政略的なものだからと、愛し合う男女の仲ではありませんでした。それは認めます。ですが正式な婚約をしているのですから……」

「そうでしょそうでしょ！　ねっ、おとう様。わたし、ニール様の事好きなの。ニール様もわたしの事、好きなのよ。カリスタおねえ様はニール様の事好きじゃないんだから、わたしとニール様が結婚すれば皆幸せになれるわ！」

正式な婚約をしている以上、それに反するような事をしたニールの行動は許していい事ではない。そう続けたかったのだが、カリスタの言葉など、ヘレンの明るい声にかき消されてしまって終わりだった。

ヘレンは本当に、心の底から、これが素晴らしい事だと思っているのだろう。両腕を大きく広げて、ニコニコと微笑んでいる。

その言葉にボニファーツが、パチパチと拍手をした。

「流石はヘレンだ。その通り。やはり、愛し合う者同士は傍にいなくてはならない」

「…………ヘレンとニール君が結婚するのはこの際どうでも良いが、後継者については認められない」

「何故お前の許可がいる。当主は私だ」

確かに次期当主である後継者を決めるのは、当主の大事な仕事の一つだ。

「何度でも言って差し上げる。……実の息子や孫を差し置いて、血縁関係のない義孫が当主の座を継ぐなどとんでもない暴論だ。外でそんな事を言えば正気を疑われる。分かるでしょう？」

「外で？　そうは思わんな。むしろ、カリスタを跡継ぎにするという方が余程周囲におかしいという顔をされるだろう。何せ、そんな髪だ」

カリスタはハッと息をのんだ。視界の隅に、ほぼ白髪と言ってよい、色素の薄い自分の髪の毛が映る。まるでその髪色のように、頭の中まで白くなり、何も言えなくなる。

「馬鹿馬鹿しい」

固まってしまった娘と違い、デニスはボニファーツの言葉にあっさりと言い返した。

その後も彼はボニファーツの言葉を撤回させようと会話を続けていく。だが続きの言葉はカリスタの耳には入ってこなかった。

（髪、髪、髪……）

ぐるぐると、祖父の言葉が頭の中で回る。

ジュラエル王国の貴族は、家名となっている宝石と同じか似た色の髪の毛や目を持っている。

故にその色彩は、どの家の生まれであるかを見分ける一つの指標となっていた。

ブラックムーンストーンという宝石は黒色の宝石であり、それを現すように代々のブラックムーンストーン子爵たちも黒髪黒目の人ばかりであった。

そんな中で、カリスタの髪色は白かった。生まれた頃は本当に真っ白に近く、成長に伴い、少しだけ灰色がかったものの、白色と形容する方が良いだろうという色のままだ。

ボニファーツの言う通り、父と二人で並んでいても、親子だと思われない事もままある。せめて母にそっくりなら良かったが、母とも色が違う。母の髪色は薄い青であり、色合いが淡い所が似てると言う事は出来るが、一目見て分かるほど似ているわけではなかった。

ブラックムーンストーンの一族が集まれば、周りの殆どが黒髪で……黒髪でない人は、代わりとばかりに綺麗な黒目だった。そんな中で、髪も白く、目の色も黒ではなく金色のような薄い黄色であるカリスタはいつも浮いていた。

カリスタは、ゆっくりと顔を上げる。ヘレンを……見た。

ヘレンは義理の父親と祖父の言い争いに殆ど興味がないのだろう。ただただ、横に腰かけたニールと身を寄せ合って、幸せそうに微笑んでいる。瞳の色こそ母方譲りという美しいマンダリン色だが、髪の毛は漆黒と言ってよいほどに黒い。

（……私が、私が、こんな髪色、だから？）

髪色のせいで、ヘレンの方が後継者に相応しいなんて言われるのか。そうだとしたら……カリスタは一体、どうしたら良かったのだろう。

生まれ持った髪色も目の色も、どうしようもない。

だからそれ以外の部分で祖父に後継者として認められたくて、今まで頑張ってきたのだ。胸を張って将来的に家を継ぐ者と言いたくて、言われたくて、ずっと、ずっと頑張ってきていたのに。

そこまで考えて、気が付いた。

カリスタは幼い頃から、何年と努力してきた。家庭教師をつけられ、ずっと勉強に励んでいた。

一方でヘレンがそのような教育を受けていた事は一度としてない。少なくとも同じ屋敷で長年暮らしていて、カリスタは見かけた事がない。むしろ、ヘレンは勉強は嫌い……苦手であったはずだ。

「ヘレン……ヘレン」

カリスタが何度かにわたって名前を呼ぶと、ヘレンは恋人との幸せな時間から現実に戻ってきて、義姉を不思議そうに見つめた。

「なあ〜に、おねえ様」

「ヘレン、貴女、当主になるって事がどういう事か、分かっているの？　当主になったら、貴女が嫌がっていた勉強も沢山しなくてはならないし、学院での勉強だって今よりずっとずっと……」

「——ひどいっ。おねえ様はわたしがお仕事も何一つ出来ないって言うのね！」

ヘレンは大きめの声でそう言い、ニールの胸元に顔をうずめる。ニールはヘレンを抱きしめながらカリスタを睨んだし、デニスと言い合いを続けていたボニファーツも言葉を止めて、カリスタを睨む。

「愛らしい妹の行動一つ一つにケチしかつけられないとは、本当に心の狭い娘だ」

ケチ？　いいやこれは、正当な、言うべき事だ。そのはずだ。カリスタは間違っていないはずだ。

けれど祖父を前にすると、いつもカリスタは言うべき言葉が上手く言えなくなってしまうのだ。

彼女は、俯いて黙った。


結局、話し合いは解決もせずに終わった。ボニファーツからすれば宣言して終わりという心積もりかもしれないが、デニスたちからすればはいそうですかと頷けるはずもない。

疲れているだろうからと父母に言われて自室に帰ってきたカリスタは、寝る準備を終えた後も、ネグリジェのままぼんやりとベッドに腰かけていた。

……祖父母の、あからさまなヘレン贔屓《びいき》は今に始まった事ではない。

カリスタにとって、祖父母という人々は、昔から実の孫であるカリスタよりもヘレンばかりを贔屓する人たちだった。

カリスタがどれだけ努力をしても「これぐらい、後継者としては当然だ」と言葉を告げてきたのにもかかわらず、ヘレンに対してはそんな必要はないなどと言う……。

それでも……そのような態度は、仕方のない事だと思っていた。

カリスタは父の次に、ブラックムーンストーン子爵家を背負う者。

それに対してヘレンはそんな苦労や権力とは無縁の存在。

二人の立場は違うのだから、接し方が全く同じになるはずはない。

そんな風に信じていた。そうだと自分を納得させていた。

でもそうではなかったのだと、先ほどのボニファーツを見ていて、その言動を許容するコローナを見ていて、そう、理解してしまった。

ボニファーツもコローナも、ただ、カリスタの事が……好きでないのだ。そしてヘレンの事が、とても好きなのだ。彼らの態度の違いの理由は、ただそれだけだったのだ。

カリスタの事を厭う理由は、ボニファーツが言った通り見た目だろう。

思い返せばヘレンが引き取られるより前からずっと、祖父母はカリスタに冷たかった。ただそれをカリスタが意識しないようにしていただけだったのだろう。

……自分の白い髪が、カリスタはずっと嫌だった。

薄い金色のような瞳も、ずっと嫌だった。

貴族たちは家名から色彩をイメージする。髪も目も黒《ブラック》からほど遠いために、カリスタにあれこれと言う人は少なくなかった。つまり、デニスの血をひかない不義の子ではないかと疑われたのだ。

大人たちが直接カリスタに言いに来る事は滅多になかったが、子供同士では違う。ブラックムーンストーン一族が集まる場に家族で赴けば、いつも年が近い子供たちが集められるのだが、そこでは親戚の子供たちは髪も目も黒くないカリスタに言葉の矛先を向けた。黒の中にいる白は、分かりやすい異物だった。

「カリスタって本当にうちの一族の子供なの？」

「お母様が言ってたよ。きっとフギノコだろうって！」

「全然親に似てないよな。その色のうっすい髪、気持ち悪～い」

子供は、親の言葉を真似する事が多い。家で子供たちの親がそう話していたのを真に受けて言っただけだろう。だが言われたカリスタにとっては酷く傷つく出来事には変わりなかった。

初めて言われた時、カリスタはすぐ両親や祖父母に訴えた。両親はカリスタのために怒ってくれたが、祖父母はカリスタを叱った。元々ブラックムーンストーン一族は一族同士の関わりが薄めな家だったから、親戚と顔を合わせるのは年に一度程度の事。そのような時しか会わない相手と問題を起こすなと祖父母は言った。その程度の悪口等、家を継ぐ者ならば耐えて見せろと。

祖父が――当主がそう言ったから、カリスタは耐えたのだ。容姿についてどれだけ言われても、傷ついても、辛くても悲しくても、表面上は必死に堪えた。たとえ……実の祖母であるコローナにすら、不義の結晶であると疑われても。

「本当にあの子は貴女似よね。貴女似なら、いくらでも言い訳出来るもの。……本当にデニスの子かしら」

「……お義母様。あの子は、間違いなく、デニス様の子ですわ」

カリスタが祖母と母の会話を聞いたのは偶然であった。コローナの言葉に苦々しく返事をするフィーネの様子からして、いつも言われている事だったのだろう。

外の人間だけでなく、実の家族からも血の繋がりを疑われる……その事は幼いカリスタには酷く重い事だった。しかし鏡をどれだけ睨んだ所で、自分の髪が黒く染まる事はないし、瞳の色が濃くなる事もない。

外からも、内からも、容姿を理由に悪く言われる。

一時は鏡で自分を見る事すら嫌になってしまった。

それでもカリスタが耐え続けられたのは自分は後継者であるという誇りと――何より彼女を愛してくれた両親がいたからだった。

「カリスタは本当に本が好きね。お父様に似たんだわ。ほら……本を読む横顔なんて、あの人にそっくりだもの」

母はカリスタを抱きかかえながら、そう言って頭をよく撫でてくれた。そしてカリスタが読みたいと言った本を沢山そろえて、与えてくれた。

「カリスタが生まれた日は空が曇っていたんだ。だが、お前が生まれて泣き出した時、空から日の光が差し込んできたのさ。きっとお前が生まれた事を、神様や精霊たちが祝福してくれたんだろう」

父デニスはカリスタを膝の上に乗せながら度々、そんな風に昔を語ってくれた。きっとカリスタの知らない所でも色々言われていただろうに、デニスは噂に惑わされる事も一切なく、フィーネとカリスタを愛してくれていた。

思い返せば幼い頃――家族三人でエノルディに一時的に引っ越したのも、容姿を悪し様に言われるカリスタを思っての事だったのだろう。エノルディで知り合ったフェリクスとカチヤはカリスタの容姿を悪く言う事も一度もなく、あの一年ほどの時間は、カリスタにとっても幸せな思い出となった。

――ヘレンが引き取られたのは、カリスタと両親がエノルディから王都に戻って少ししてからの事だった。

カリスタが覚えているヘレンの両親の記憶は朧げなものだ。父親の方は、殆ど覚えていないと言っていい。それに対して母親の方は、少し覚えている。

ヘレンの祖母は一度嫁いだが、不幸があって子連れでブラックムーンストーン家に戻ってきた。そのためヘレンの母とカリスタの父デニスは、血の繋がりのない従兄妹という関係でありながら、実の兄妹のように育った。

それもあってか、ヘレンの母はカリスタに、本当の姪のように接してくれた。だからカリスタも叔母のように彼女を慕っていた――と、思う。幼すぎる記憶だが。

ヘレンが生まれてからは、彼女はヘレンを連れてよくカリスタたちに会いに来た。

弟妹のいないカリスタにとって、ヘレンは妹のような存在だった。母に連れられてブラックムーンストーン家を訪れたヘレンを可愛がっていた。赤ん坊と幼子だった二人だが、それでもこの頃は良好な関係だった。

だがヘレンの両親が死んだ事がきっかけとなり、ヘレンとカリスタの関係はおかしくなっていった。

ある日、ヘレンの両親が乗っていた馬車が横転してしまった。雨故に人の通りが少なくなっていて発見が遅れ、ヘレンの両親は助からなかった。

その後、ボニファーツはヘレンを勝手にデニスの養子にした。この事で祖父と父の大変な争いが起こった。

ヘレンは元々父方の親族の家で暮らしていたのだから、両親の死後は父方の親族に引き取られて育てられるのが正当なはずだ。

ところがボニファーツは当主権限を行使してデニスの主張を無視し、平民であったヘレンの父方の親族にも圧をかけ、ヘレンを引き取った。

こうしてヘレンは正真正銘、カリスタの妹となった。

確かにヘレンの身に起こった事は可哀想な事で間違いない。

デニスやフィーネとて、ヘレンが嫌いだったわけではないだろう。その後ヘレンとカリスタたちの関係性が悪化しても、ヘレンの両親に関する悪口は聞いた事がなかった。

だから最終的にはボニファーツの強行を飲み込んだのだろう。

当時そんな両親と祖父母の争いの理由など分かっていなかったカリスタは、純粋に親を失ってしまったヘレンを可哀想に思い、義理の姉として出来る限り可愛がろうと決めた。だが……引き取られたヘレンはボニファーツたちから度が過ぎるほど甘やかされ、それに比例するように我が儘になっていった。

最初はその我が儘も小さいものだった。

「わたしもいっしょがほしい」

小さい丸い指先で、ヘレンはカリスタを指さす。

カリスタが食べている物、カリスタが持っている物……ヘレンはいつも同じものを強請《ねだ》った。すぐ何でも買い与えてしまうボニファーツにデニスが苦言を呈したりしたが、聞き入れられる事はなかった。

それどころか、欲しがり過ぎだとデニスがヘレンを叱ったと聞けば、その倍の勢いでデニスを怒鳴り散らした。デニスを怒鳴った後、ボニファーツはヘレンを抱きかかえた。

「可哀想にヘレン。ほら、お爺様に何が欲しかったを教えておくれ」

ボニファーツはヘレンが望む物を、何だって買い与えた。

そんな風に欲しい物を与えられ続けた幼子は、どんどん欲望を肥大させていった。そして次第に、同じような物が欲しいと強請るだけでは収まらなくなってきた。新しく物を欲していたのが良かったと思うようになるのは、その少し後の事である。

ヘレンがカリスタを見てはすぐに同じ物が欲しい欲しいと主張してくるのが日常となっていたある日、ヘレンはこう言った。

「おじいさま、わたし、カリスタおねえさまのドレスがほしいの」

そう言いながらヘレンが指さしたのは、今さっきカリスタが誕生日の贈り物として祖父母から贈られたドレスだった。

「そうか。ではヘレンにもドレスをやろうな」

ボニファーツはヘレンの頭を撫でながら、そう言った。ここまではいつもの流れだったが、この日のヘレンの反応は違った。いつもならボニファーツの言葉に喜んで終わりだったが、何故かヘレンはぎゅっと顔を歪めたのだ。

「いやっ！　あのドレスがほしいの、おねえさまのドレスがほしいの！　ヘレン、いま欲しいのっ！」

その後もヘレンは似た主張を繰り返した。最初は意味が分からなかったカリスタだったが、ヘレンが何度も主張しているうちに、ヘレンの言い分を理解した。

つまり、いつものようにカリスタが持っているドレスと同じ物を後から与えられるのではなく、今ここで、今、カリスタが手に持っているドレスが欲しいと言っているのだ。

他人が持つ物が良く見えるのも、欲しくなるのも、誰しもある事だ。子供であれば尚の事よくある事だろう。

子供がこのような事を言い出した時の対応に何かハッキリとした正解はないのだろう。子供本人の性格もあるかもしれない、声をかける大人の、伝え方も様々あるはずだ。唯一つの正解は導き出せない。子育てとはそういうものだろう。

だが、正解をこうとは決められない事であっても、この時のボニファーツらの対応は良くなかった。

ボニファーツの足元で喚きながら訴え続けているヘレンの頭を撫でながら、カリスタにこう言ったのだ。

「そうかそうか、分かったよヘレン。カリスタ。そのドレスはヘレンにあげなさい」

「えっ……？」

カリスタは固まってしまった。

そのドレスは、たった数分前に、祖父母がカリスタへと贈ってくれたものである。

カリスタも一目見て気に入った可愛らしい水色のドレスで、来月に行われる小さなパーティに着ていくのだと母と話しているのを、祖父母も見ていた、聞いていたはずだ。

それにもかかわらず譲れと言われたのがカリスタには信じられなかったのだ。

そんなカリスタの反応など、まともに見ていないのだろう。ボニファーツはヘレンの背中にそっと手をやって、カリスタの方へと促した。

「ほらヘレン、カリスタお姉様から貰ってくるといい」

「うん！」

固まったままのカリスタの傍にヘレンがやってくる。そして、貰うねとかありがとうとかの言葉もなしに、カリスタの手からドレスを取ろうとしてきた。

カリスタに出来たのは咄嗟にドレスを掴む手に力を込めて、ヘレンに奪われないようにと抵抗する事だけだった。

「？」

ヘレンはドレスがカリスタの手を離れない事に不思議そうにして、それから数度ドレスを引っ張った。カリスタは何も言えないまま、ドレスだけは手放せなくて掴んだままでいた。流石に二人で引っ張り合う状態になれば、ヘレンも気が付く。カリスタがドレスをくれようとしていない

事に。

ボニファーツからは貰っても良いと言われたのにカリスタがドレスをくれない。

「ドレスぅ、どれすぅ！」

ヘレンはその場でうわあうわあと泣き出した。その瞬間、ボニファーツは鋭い目でカリスタを睨んだ。

「カリスタ。お前は年上なのだからヘレンにあげなさい」

カリスタには訳が分からなかった。

たった数分前、ボニファーツはカリスタを祝福して、このドレスを渡してきたのだ。「誕生日おめでとう」と。その横にいた祖母も「似合うわね」と微笑んでいたのだ。なのに何故その舌の根も乾かぬうちにヘレンに譲れと言うのか。

「ちょっと待ってください、お義父様、このドレスは今、カリスタに贈ってくださったものですわ」

我に返ったフィーネが言葉を挟む。

フィーネの言葉を聞いたボニファーツは大きく頷いた。そしてあっさりと、言うのだ。

「ああ。だがヘレンはこのドレスが気に入ったと言っているのだから、ヘレンに渡す。それほどドレスが欲しいのなら、カリスタには別のドレスを贈ってやろう」

「ヘレンにこそ、後日別のドレスを贈ればよいではありませんか！」

「やだあああああ！！！　このドレスきるのおおおおおおおっ‼　ヘレンがきるのおおおお

おおお！！！」

フィーネがボニファーツに物申している言葉を聞いたヘレンは、その場で床に転がってじたばたと暴れ出した。

年下とはいえ、カリスタが今のヘレンぐらいの年頃の時は、願いが叶わなくてもそんな態度は取らなかった。淑女の常識から考えて、ヘレンの暴れ方は異常としか言えない。

それまではヘレンが我が儘を言っていて少しどうだろうと思う事はあっても、なんだかんだ可愛いとカリスタは思っていた。だが、この時ばかりは可愛い妹分であったはずのヘレンに、カリスタは心から引いた。

普通の人間であれば、いくらなんでもとヘレンの行動に引いていたはずである。だが彼女を溺愛しているボニファーツがそんな事を思うはずもなく、彼はむしろ泣き喚くヘレンに素直に同情しているという顔をしていた。

「カリスタ。早く渡してやりなさい。……はぁ。そのドレスがそれほど欲しいのならば、同じ物を後で買ってやろう」

ボニファーツはどうやら、このドレスがカリスタの物であるという事を忘れてしまっているようだった。彼の言いぶりは、まるでカリスタがヘレンのドレスを欲しがったような……そんな言い方で、我が儘を言っているのもカリスタのようだった。

(同じ物を……同じ物を！)

屈辱的だった。そしてカリスタは感情のままに、ドレスを振り上げた。

後々家庭教師にしろ周りの大人にしろ、きっと大目玉を落としてくる。それを分かっていて、カリスタは手に持っていたドレスを床に叩きつけた。感情を理性で抑えられるほど、カリスタも大人ではなかった。

普段大人しく良い子であるカリスタの突然の行動に、誰もが驚いて黙っていた。

「っ……」

本当は一言「このドレスはもういりませんわ」とでも言えれば良かった。

だがカリスタの口はもう何も言葉を出す事が出来ず、俯いて、両目から零れ続ける涙を周りに見られないようにするのに必死だった。

「カリスタ……！」

そんな娘を、フィーネは抱き寄せる。

それから、娘を追い詰めたボニファーツに対して声を上げていた。……が、自分の事でいっぱいいっぱいであったカリスタは、この時フィーネが何を言っていたかは覚えていない。ただ自分を抱きしめてくれた母の腕に縋っていた。

この場にもしデニスもいたならばきっと同じように庇っていただろうが、この時は不在であった。

実の孫が泣いているというのに、実の孫を泣かせたというのに、それがまるで目に入っていないようだった。

どう見たって傷ついていたカリスタの行動を見て尚、ボニファーツが口にした言葉を、カリスタは一字一句覚えている。

「服を投げるなど。教育係に言い含めなくてはならんな」

過程も原因も無視して、ただ、した事のみしか見ていないという口調だった。

祖父は自分の味方にはなってくれない。一縷《いちる》の望みをかけるように、カリスタは祖父の後ろにいる祖母に視線をやった。このドレスは祖父母からの贈り物という名目で用意されたものだったからだ。

コローナはカリスタが自分を見ていると気が付くや否や、ヘレンに話しかけている祖父のすぐ傍へと移動して、ヘレンに笑顔を見せた。

「良かったわね、ヘレン」

祖母もまた自分を見てくれない。

その事実は幼いカリスタの心に目に見えない傷を刻んだ。

フィーネはカリスタを抱いて、一旦その場を退いた。母一人では義両親相手に勝ち目がなかったからだ。

爵位の継承権は女性にも発生するが、古い世代になればなるほど〝貴族の妻は男児を産んでこそ〟という風潮があった。そして、ボニファーツとコローナはその風潮を口にする人々だった。

他家から嫁いできて、かつ、女児しか産んでいないフィーネの立場は強いものとは言えなかったのだ。

……この時のドレスの騒ぎは結局最後までボニファーツからも、コローナからも、ヘレンからも謝罪はなかった。更にボニファーツが新しいドレスを用意する事もなく……後で話を聞き怒ったデニスが、ヘレンに譲ったドレスより上等なドレスをカリスタに用意する事で一応は収まった……という事にされた。


当然だが、ヘレンの強請り癖というものは、一回程度で終わるものではなかった。

「ヘレン、おねえさまのぼうしがほしいです」

「おねえさまのおくつ、かわいい！」

「おねえさま、そのおようふく、ください」

「おねえさま、なにをもってるの？　みせて、みせて、ヘレンにちょうだい！」

ヘレンはカリスタが持つ物で、良いと思う物があると、すぐにそう言った。多くがカリスタも気に入っていた物だったので断ったが、そうするとヘレンはその場で、或いは場所を変えてから泣き喚くのだ。

「おねえさまのいじわるうううううう！」

「ひどい、ひどいわああああああああ」

「うわあああああん」

人間というのは、大声で被害者面する人の方に同情してしまう。一部の家庭教師や、使用人たちもヘレンを可哀想だと言ってカリスタを責めるようになった。

勿論、ヘレンが騒ぎ出せば最初に反応するのはボニファーツだ。ヘレンが泣く度にボニファーツはカリスタを怒鳴った。

「カリスタ！　何故物の一つ、ヘレンにあげられんのだ！　どうしてもっと広い心を持てない。お前は恵まれているのだから、ヘレンにあげないか！」

（めぐまれていたら、なにもかもわたさなくてはいけないの？）

そう思ってもカリスタは口には出来なかった。ボニファーツが上げる大声は耳の中で何度も跳ねまわり、寝る時も幻聴が聞こえてきてしまうほどだった。

……それからも、ヘレンは欲しがり続けた。その欲しがる範囲も、物には留まらなかった。

「おじい様、ヘレン、おねえ様のお世話をしている人がいい」

ヘレンがそう強請れば、カリスタ付きの侍女はあっさりとヘレン付きに替えられた。新しく配属された侍女と親しくなると、次の侍女もヘレンは望んだ。そうして五人の侍女が取り上げられた時、母のフィーネは娘が可哀想だと言い、カリスタに専属の侍女をもうけるのを止めた。代わりに、フィーネの身の回りの世話をしている侍女にカリスタの世話をさせた。

母フィーネの世話をしている使用人たちは元々は母の実家からついてきた人々であり、彼らをフィーネから引き離してヘレンの傍に置く事は流石に出来ないと分かっていたからだ。

暫くヘレンは自分の願いが叶わないと泣いた。

普通であればそうやって、自分の思い通りにならない事を通して人は学んでいくのだ。けれどヘレンは「世の中願いが必ず叶うわけではない」という事を学習しなかった。願いが叶わなかった時は大袈裟に騒ぐが、ある程度時間が経つとすこんとその事を忘れてしまうのだ。

「おねえ様。どうしてヘレンに意地悪するの？」

「ちょうだい」

「ほしいわ」

「ねえおねえ様」

「ねえねえねえ」

「ちょうだい、おねえ様、ちょうだい」

ボニファーツたちは十分にヘレンが望む物を与えてやっていた。それでもカリスタから奪う事をヘレンは止めなかった。義理の妹は満たされる事を知らなかった。

カリスタから見て、義妹はいつまでもいつまでも心の幼い子供のまま。強請れば貰えると思ったまま。体だけが、大人へと近づいていくように見えた。

対してカリスタも学習していった。

自分の大切な物を後からヘレンに奪われると分かっていて、何かに思い入れを持てるわけがない。カリスタの自室はとてもシンプルで、年頃の女の子が欲しがるような物は殆どなかった。そして、ヘレンが欲しがらない難解な年不相応な書物ばかりが並ぶようになった。

ドレスなどは、ある年頃からレンタルするようになった。あまりお金がない貴族に向けて、服を貸し出す業者というのがいたのだ。普通の年頃の令嬢ならレンタルなど恥ずかしがって嫌がるが、レンタルならば元々自分の物ではないので、ヘレンが欲しがったなら祖父母に店の名前と商品名を伝えれば済む。

装飾品はフィーネから借りる事が多かった。

ヘレンがいくら欲しがろうとも母の私物——特に彼女が嫁入りに際し持ってきたような宝石類は、祖父母も譲れとは言えなかった。なので代わりに似た別の物をヘレンに買い与えていたようだった。

デニスもフィーネも、何度も祖父母に言った。このままヘレンを甘やかすだけでは駄目だと。

だが祖父母がそれを聞き入れる事はなく……そんな家庭環境で、義理の姉妹の関係が良好になるはずもなかった。

日に日に二人の関係は離れて、歪になっていった。

第三粒　足りなかった事

話し合いから何かが前進する事もないまま、数日の月日が経過した。

あれからというものの、ブラックムーンストーン子爵家の屋敷の雰囲気はよくない。祖父と父は顔を合わせれば意見をぶつけあっていて、お互いに機嫌が悪い。そのような形で機嫌が悪い人間がいれば、屋敷の雰囲気が悪くなるのは当然だった。

家でも心から休めないのに加えて、カリスタは、ここ数日、貴族学院の中でも嫌な雰囲気を感じていた。

幾人かの学生たちが、やたらとカリスタを見るのだ。

それだけでなく、カリスタを見ている人々はカリスタを見ながら何かを話しているようなのだ。

何かしら自分の噂が校内に流れていると想像ついたが、それが何か、具体的には分からないままだった。

しかしカチヤと共に行動している時は、そういう嫌な視線や行動がさっとなくなる。他国の諺である〝虎の威を借りる狐〟そのものであったしカチヤを利用しているようで申し訳なかったが、平穏な学院生活のために、カリスタはいつも以上にカチヤの傍にいるようにした。

出来る限りカチヤと共に過ごすカリスタだったが、それでも取っている授業に多少の違いがあるため一緒に行動出来ないタイミングはある。

昼食のための休み時間。

「はあ。クレーメンス教授には困ったものだわ」

授業が終わった後に「昼食休みに訪ねてきてくれ」と教授に言われたカチヤはそう軽い愚痴を吐いてから歩いて行った。

一人になったカリスタだったが、学生たちは各々空腹と戦っていたためか視線はあまり感じない。

それに少しだけ安堵してカリスタは早足で廊下を歩く。出来る限り人目のない所でこの休み時間を過ごしたかったのだ。

どこの教室で昼食を食べるべきかと考え事をしながら歩いていたからか、声をかけられるまでヘレンとニールが近くに来ている事に気が付かなかった。

「あらおねえ様」

ヘレンの声に我に返って正面を見れば、歩いている生徒の波の間にヘレンとニールがいた。ヘレンはニールと腕を組んで、体を密着させるようにして歩いていた。眉を顰めたくなるが、顔の筋肉に力を入れて動かないようにする。

「おねえ様、今一人なの？　あの怖くて嫌な人は？」

「…………誰の事？」

「名前なんて知らないわ。いつもおねえ様が一緒にいる人」

いつも一緒にいるならば、カチヤの事だろうが……。

それにしても、怖くて嫌な……なんて、随分な言い様だ。そもそも、カリスタが知っている範囲でヘレンとカチヤに関係なんてなかったはずだが、一体何があったのだろう。そう疑問に思ったカリスタだったが、ヘレンはムッとした顔のままカチヤへの当たりの強さの理由を教えてくれた。

「あの人。わたしが話しかけたら、わたしの事、上から下まで見て、鼻で笑ったのよ。それに、わたしが話しかけてるのに、答えてもくれなかったの！　その上わたしが一緒に過ごしましょうって誘ってあげたのに、時間の無駄って言ったのよ」

ヘレンは酷く悲し気な顔でそう言うが、カリスタは頬が引きつりそうになった。

いつかはともかく、ヘレンはいつもと同じようにカチヤに話しかけに行ったのだろう。恐らく、まともな挨拶もしないで。

カチヤは生まれ故にプライドは高いし言葉での注意も多いが、本来は心の優しい人間である。そんな彼女がそこまであからさまな態度をしたのだから、ヘレンは初対面の時に挨拶すらしなかったのだろう。カリスタと親しくしているのだから、自分と親しくするのも当然だ……そんな様子でカチヤに話しかけにいった姿が簡単に想像出来てしまった。

頭を抱えそうになるカリスタだったが、対してヘレンはカチヤがいない事にご機嫌にでもなったのか、ニコニコしながら問いかけてくる。

「おねえ様。今からお食事？」

「……ええそうよ」

ヘレンはいつもと同じようにニコニコ微笑みながら、近づいてくる。ニールはただひたすらに横のヘレンを見下ろしている。カリスタには興味もなさそうである。

そんな二人の様子を見ながら、そう肯定したカリスタだったが、次の瞬間には嘘をつけば良かったと後悔した。

「ならおねえ様も一緒に食べましょう。一人で食べるなんて寂しいものね。ねえニール様、よいでしょう？」

想定外の提案にカリスタは驚きから言葉が出ない。話をふられたニールも、そういう提案をするとは思っていなかったのか、ヘレンの言葉に曖昧な返事をする。

「え？　あ、ああ、勿論。ヘレンがそうしたいのなら……」

そう言いつつ、顔には嫌だと描いてある。

それに関してはカリスタも同感だ。この前の話し合いで思い切り、敵対していたというのに、一緒に仲良く食事をするなんて気分ではない。

だというのにヘレンはニールの上辺だけの許容に喜んだ。

「ありがとうニール様！　さ、おねえ様、一緒に行きましょう？」

義妹は子爵家の後継者として敵対する立場になった事など気にしていなさそうだった。……実際気にしていないのだろう。ヘレンからすれば、ボニファーツがヘレンを後継者にすると言った時点で、それはもう確定事項なのだから。カリスタたちなど、敵対相手などではない。

こちらを見るその目に哀れみのようなものが浮かんでいるのを、カリスタは見逃さなかった。

カリスタは少しの間息を止め、それから、首を横に振った。

「悪いけれど、いけないわ」

ヘレンはこてんと、首を傾げた。

「…………なんで？」

「それは――」

ハッキリと、共に食事などしたくないと言えれば良かったが……この場で彼女に癇癪《かんしゃく》を起こさせたくなかった。何せ人目が多すぎる。

なのでなにか適当な事を言おうと思ったのだが……ヘレンが大きな目を見開いてカリスタを凝視していると気が付いて、言葉に詰まった。

「どうして？　なんでいけないの？　わたし、おねえ様とお昼ご飯を食べてあげようって思ったのよ。それなのになんで断るの？　どうして？　なんで？　なんで？」

ただでさえ大きな目を見開いてまっすぐに見つめられると、言葉にしがたい圧がある。その上、ヘレンの横にいたニールまで揃ってカリスタを責めた。

「そうだ、カリスタ。ヘレンがこう言っているのに、どうして断るんだ！」

ニールの声が大きいために、周囲が何事かと注目し始めた。

カリスタはそれに内心少し焦りつつ、冷静さを装った。

「お昼をいただく前に、急ぎの用事で教授の所に伺わなくてはならないの。少し時間がかかる予定だから、今日は一緒に食べるのは難しいわ」

教授という言葉でニールからの勢いは消えた。けれどヘレンには通じなかった。

「ならわたしもいっしょに行くわ、おねえ様。それで教授に、御用事は後にしてってお願いする」

教授に呼ばれているのはカチヤを思い出して咄嗟についた嘘だ。ヘレンがついてきては嘘がバレてしまう。

「ヘレン。だめよ。教授は私だけを相手にしているわけではないのよ。教授方の時間は貴重なのだから、私たちが合わせるべきだわ」

「おねえ様はわたしより教授の用事なんかを優先するというの？　わたしとの時間の方が大事でしょう！　どうして？　なんで！」

ヘレンの声が段々と大きく、金切り声に近くなりだす。このままではかなりの醜態を晒すと予想がついた。拙い。横のニールはおろおろしているだけで、何の役にも立ちそうにもなかった。

その時。

「廊下を塞いで何をしているんだ、ツァボライト」

カリスタたちは殆ど廊下の真ん中におり、野次馬をしていた周りの生徒たちはカリスタたちを中心に円を描くように距離を取りながら状況を観察していた。

その間から、太陽の光を反射する金色が人の波をかき分けながら現れた。

突然現れた第三者に対して最も大きく反応したのは、ニールだった。

「え、エメラルド……！」

フェリクスがそこにいた。

フェリクスもニールもどちらも四年であるので、面識があるのはおかしい話ではないが、ニールの反応はいささか過敏なものに見えた。一方、ヘレンはフェリクスを見てから、ニールの袖を引っ張る。

「ニール様。だあれ？」

一年で、入学して間もない人ならフェリクスの顔と名前が一致しないのも有り得ない事ではないものの、カリスタはヘレンがフェリクスを知らないらしい事に驚いた。フェリクスはかなりの有名人だったので。

ニールも同じだったようで、ヘレンの質問に視線をうろうろさせてから答える。

「あ、あー…………よ、四年のフェリクス・エメラルド伯爵令息だ、ヘレンも名前くらいは聞いたことあるだろう？」

「わあ、初めてお会いしたわ！　皆が言っていた王子様よね？」

ニールの言葉に、ヘレンはフェリクスに向かってそう尋ねるかのように喋った。

名乗りもせず、話しかけているようにも見えるヘレンの動作に、フェリクスは少し眉根を寄せた。

ニールもヘレンの態度がよくないと思ったのだろう。何せフェリクスは人気が高いので、フェリクスに対する態度を気にする人間は多いのだ。慌ててヘレンの両肩に腕を回しながら言った。

「ヘレン、ヘレン！　早く行こう、折角の休憩時間がなくなってしまうだろう！」

「……そうだわっご飯！　おねえ様、一緒に食べるでしょう！　ね？」

折角忘れてくれていた風だったのに、ニールの言葉で思い出してしまったらしいヘレンはカリスタの方に近づいて行こうとする。それをニールは止めた。

「ヘレン！　また別の日に一緒に食べる事にしよう！」

「いや！　わたし、今、おねえ様とご飯を食べたいのよ！　ニール様！」

「そうは言うが…………折角正式な婚約者同士になれたんだ。暫くは誰にも邪魔されず二人きりで過ごそうじゃないか」

ニールはヘレンの顔をじっと見つめながら、早口でそう言った。その言葉はどうやらヘレンの琴線に触れたようで、彼女はころりと態度を変えた。

「ええ、ええ！　二人きりね、とっても素敵！　おねえ様ごめんなさい、今日はニール様と二人でご飯を食べるから、一緒には食べられないわ。一人で寂しいかもだけれど……許してね」

まるでカリスタが先に食事を共に食べようと誘ったかのようだった。

カリスタの返事など聞かずヘレンとニールが去ると、残った野次馬たちの視線がカリスタ一人に集中する。

彼らはざわざわと囁き合っているようだった。

「今のって最近噂になってるツァボライトだろ」

「ああ。前の婚約者はあまりに酷くて婚約破棄したとか……だから新しく出来た婚約者を可愛がってるんだろう」

「ツァボライト？　誰だそれ」

「さっきの令息だよ。確か新しい婚約者は前の婚約者の義妹で……破棄された義姉の方は、あまりの酷さから次期当主の座まで奪われたって話だ」

視線が、集まっている。周りの人全てがカリスタの事を見ている。最近感じていた視線と同じだとカリスタは思った。つまり最近の視線の原因は、噂の内容は……。

それ以上、耳を澄ませて囁き声を記憶する事は出来なかった。カリスタは唇を閉じ、俯いた。

「……カリスタ嬢、大丈夫か？」

フェリクスがいつの間にかカリスタのすぐ傍に近づいていたが、それに反応する事も出来ないまま、俯いて自分の制服のスカートの裾を見つめていた。カリスタはその場で耳を塞ぎしゃがみ込みたい感情を抑えて、その場で簡易的に膝を折って礼をする。今、顔を上げて彼と話す事は出来なかった。

「大丈夫です。マクシミリアン教授に呼ばれておりますので、失礼いたします」

カリスタはフェリクスの返事を聞かず、早足にその場を去った。背後からフェリクスがカリスタの名を呼んでいたが、聞かないフリをした。ジトリとした視線だけが、カリスタの背中にこびりついていた。

何も考えずカリスタは闇雲に進んでいた。人目がある間は耐えて早足で歩いていたが、人目が殆どない外れの方に入った当たりから、視線も気にせず走り出した。

ぐるりぐるりと胸の中で何かが渦巻いている。

――苦しい。悲しい。辛い。

そうした単純な悲観的な感情だけでない、どろりとして、けれど棘の生えた何かが胸から吹き出ているようだ。

先ほどのヘレンの眼差しが忘れられない。哀れまれた。一人は寂しいだろうと可哀想だと、上から、地面を這うモノを見るような目で見られた。

思い出す度に、胸を掻きむしりたくなる。

ここ最近感じていた視線の原因は、先ほど聞こえた噂のせいなのだろう。……ではその広まっているという噂は、誰が発信したのだろうか。ヘレンだろうか。それともニールが？　話をしていたのは四年だろう生徒だった。ならニールが広めたのか。何のために？　……自分とヘレンのために。余程の理由でもなければ、婚約者を姉から妹に替えるなんて、外聞が悪いだろう。自分たちが悪者にならないためには、それを上回る悪者がいる。

きっと、ニールは自分たちのために、カリスタを悪役に仕立て上げたのだ。

涙は流さない。流したら、本当に惨めになってしまう。

どれぐらい走ったのだろうか……ようやく、カリスタはゆっくりとその足を止めた。

「……ついて来ないでください……」

カリスタが小さく呟くと、ずっとカリスタの後ろをついてきていたフェリクスは立ち止まった。

「……放っておけるわけがないだろう」

カリスタは荷物を腕に強く抱きしめながら、訳も分からぬまま首を横に振った。

その時、二人がいる廊下の外の方から、人の声が聞こえてきた。このあたりは休み時間にわざわざ来る人が殆どいない区画だが、一切使われないわけでもない。外から廊下は丸見えに近いので、このまま二人で立ち尽くしているのはよくない。

「こちらへ」

フェリクスもそう思ったのか、カリスタの背中に手を回し無理矢理にエスコートして移動し始めた。そして近くの空いている教室にカリスタを連れ込んだ。

フェリクスは暫くドアの外の様子を窺っていた。人の話し声は二人がいる場所に近づいたかと思った後、すぐに遠のいていった。

それよりもカリスタにとっては今の現状の方がとんでもない状態だった。

何せ、名家の嫡男で婚約者もいないフェリクスと密室で二人きりという状況だ。

これならまだ、廊下で二人が共にいるのを見られた方がましだった。そちらの方が、万が一見られたら誤魔化しが効いたのに。

「……エメラルド様。このような事よろしくないですわ」

「見つからなければ問題ないだろう」

フェリクスとしてはさほど気にならないのかもしれないが、カリスタは困る。そう言おうと思ったが、そこでフェリクスから真剣な顔で見つめられて、何も言えなくなった。

「君のそのような顔を見て、放っておく事など出来ないよ」

「……仰っている意味が分かりませんわ。私、マクシミリアン教授にお会いしに行かなければ」

「マクシミリアン教授なら今日は所用で休んでいる。学院内にはいない」

フェリクスの言葉にカリスタは次の言葉が出せなくなった。自分が苦し紛れに吐き出した嘘は、あまりに杜撰《ずさん》だったようだ。カリスタ自身は今日はマクシミリアン教授の授業がなかったので、教授が不在である事実を知らなかった。

（ニ、ニール様たちが、その事を知らないと良いのだけれど……）

「それで。……先ほどから君が泣きそうな顔をしていた理由は、彼らだろう」

泣きそうな顔……自分がどんな顔をしているかなんて、カリスタには分からない。少なくとも、表情から変な風に思われないように気を付けてはいた、はずだ。むしろ、滲みかけた目元を抑えるために、顔を歪めていたように思うのだが。

フェリクスの片手が上がってきたかと思えば、そっとカリスタの顔へと伸ばされる。反射的にカリスタは数歩後退した。どういう心積もりかとフェリクスの顔を見上げれば、彼は少しだけ傷ついたような顔をして、その手をおろす。

教室内に静かな時間が過ぎる。

黙り込んだカリスタの様子を見下ろしながら、フェリクスは尋ねてきた。

「ツァボライト令息との婚約を、本当に解消したのか？」

すぐには頷けなかった。この騒ぎは出来る限り大きくしたくないと、父母と話していたから。

だが先ほど少しだけ聞こえた噂の元がニールであれば、四年であるフェリクスが耳にしていても何もおかしくない。ここで無理に誤魔化す理由があるとは、思えなかった。

「ええそうです。その事は、噂で？」

カリスタから尋ねれば、フェリクスはわずかに顔を歪めたが、頷いた。

「エメラルド様。その噂の内容を、貴方がご存じなだけで構いませんので、私に教えてください」

「……噂の内容を知っていたのでは？」

「いいえ。最近、視線を向けられる事がよくありました。何かしら噂が出ているのだろうとは思っておりましたが……先ほどの人込みで、いくつか聞こえてきて、ニール様かヘレンが広めているのだろうと思ったのです」

フェリクスは小さく息を吐いて片手を額に当てた。

「……分かった。私が知っている範囲でだが、君に噂を教えよう。……噂自体は、恐らくツァボライトが広めているものだ。ツァボライトが元々の婚約者から酷い扱いを受けていたが、婚約を解消し、本当に愛し合っている相手である令嬢と婚約をしなおしたというのが、大まかな形だ。あとは人によって好きに尾ひれがついているが……君の名前や、新たな婚約者の名前が分かりやすく出ているわけではない。だが、調べれば君が元婚約者である事も、新しい婚約者の事も……すぐに知れるだろうな」

そうだろう。これまで、率先してニールとの関係を訴えた事はないが……同時に、隠した事もない。カリスタとそれなりに付き合いのある生徒であれば、カリスタに婚約者がいる事は知っているだろう。中には相手が四年のニール・ツァボライトだという事も知っている者もいるだろう。

黙っていたカリスタに、落ち込んでいるとでも思ったのか。フェリクスは言葉を付け加えた。

「広まっている噂はいくつか派生していたりしていても殆どツァボライトたちを贔屓したものだが、順番を考えれば、どう見ても君と婚約中に別の令嬢と仲を深めているとしか思えないものだ。……あまり騒ぎにはしたくないだろうが……少なくとも、不誠実さや不貞とも言える行為を理由に、君を貶めるような噂をこれ以上広めないように主張した方が良いのではないかと思う」

「……出来ないわ。お爺様が、お許しになんてなりませんもの」

もし相手の令嬢が義理の妹でなければ、フェリクスの言う通りに出来たかもしれない。だが祖父がカリスタのために動く事を許容するとは、とても思えなかった。それがヘレンにとって不利になるのであれば、尚更の事。

カリスタはブラックムーンストーン子爵家で何が起きたのかを説明した。ちゃんと説明しない限り、フェリクスが放してくれないと思ったからだ。

カリスタから事の経緯を――婚約解消から、ニールとヘレンが婚約を結んだ事、そして後継者について――聞いたフェリクスは、分かりやすく怒りを露わにした。

「そんな事、国の法律が許すわけがない！　いくら君の義妹が正式な養子縁組で迎え入れられていても、正統な後継者がいる場でそれを押しのけるなど……子爵はどういう心算なんだ！」

フェリクスの怒りを見て、カリスタは自分が間違っていたわけではないと思えて、少しばかり気が楽になった。

　フェリクスはついつい声を大きくしてしまったが、俯いたままのカリスタを見て咳払いをした。

「……事情は分かった。それを聞いて、尚更、君に話しかけた君の義妹たちの心境が分からなくなったが……今後はどうする心算なんだ？」

「………きっと、ヘレンを推すお爺様とお父様の間で争いになると思います。私は勿論、お父様を手伝います」

　貴族の家ではよくある話だ。次の当主の座を巡り、血の繋がった人間同士が争うのだ。

　多いのは兄弟同士や、叔父と甥の間で争いが起きるという場合だが、直接父子で争いが起きる事だってないわけではない。

「子爵がそんな事を考えた理由は想像付かないが……どう考えても君やお父上の方が正しい。なのにどうして君は、そんなに不安そうな顔をしているんだ」

　いつもなら、きっと、この質問に答える事はなかった。

　だがフェリクスはカリスタのために怒ってくれて……それを見たらどうにも、普段閉じ切った扉が少しだけ開けられたような、そんな不思議な気持ちになってしまった。

「………私は……私はお爺様が欲しかった嫡男でもなくて………髪も目も、お父様やお爺様みたいに、真っ黒ではないから……」

　この一連の出来事も、全て、それが原因ではないか。

　カリスタが男で生まれていれば……女のままだったとしても、髪や目の色が父と同じ黒だったならば、きっとこんな滅茶苦茶な争いにはならなかったはずなのだ。

独り言のような口調のまま呟いたカリスタに、フェリクスは少し驚いたように目を丸くして、それから自分の髪の毛を摘まんだ。

「髪の色が家を継ぐ上で重要な事か？　私だって父とは違い、〝エメラルド〟なのに、イエローだ。グリーンからはほど遠いだろう？」

カリスタを励まそうとしてくれたのだろう。その気持ちは嬉しく思えたが、フェリクスはカリスタとは全然違う。力なく、カリスタは首を振った。

「貴方の目は美しいエメラルドですわ。私とは違いますでしょう。…………結局、私がどれだけ努力しようと、ヘレンみたいに愛される事なんてないわ……」

後半は、半ば独り言だった。カリスタにとってヘレンは我が儘ばかりの嫌な義妹であるが、周りにとっては可愛いヘレンなのだ。祖父母は勿論の事、貴族学院に入学してからも、異性とはいえ……あれだけの友人に囲まれ、可愛い可愛いと愛でられている姿を見て、おかしいのは自分なのかもしれないと思った時もあった。

（……私はどうして、ヘレンみたいになれないのだろう）

今度は、目から溢れ出した涙を止められなかった。何もない虚空を見つめながら立ち尽くしていると、突然フェリクスがカリスタの頭を自分の胸へと抱き寄せる。カリスタはフェリクスの突然の行動に驚く自分と、他人事のように見ている自分がいるような感覚を覚えた。

「……何も見えていないぞ」

早口で言われる。少ししてからフェリクスが涙を見ないようにしようとして抱き寄せるような行動を取ったのだと、カリスタは他人事のように思った。家族でもないのに簡単に涙を見せるような淑女はいないし、むやみに見せるものでもない。

フェリクスはカリスタの後頭部に回した手の力を強めながら、呟く。

「君を愛している人間だって、沢山いる。君のご両親に、カチヤに、…………私だってそうだ」

二人はそれ以上何も言わないまま、黙ったまま立ち尽くしていた。カリスタはそっと呼吸を調え、それから、虚空ではなくしっかりと目の前の状況を見た。じんわりと伝わってくるフェリクスの体温はカリスタより少し高いらしく、熱が強張る体を癒してくれるような気がした。

深呼吸をして、カリスタはそっとフェリクスの胸を押した。フェリクスは素直にカリスタを解放した。

「……慰めてくださってありがとうございます。…………ですがこのような事、二度としてはいけないですわ。婚約者のいない身なのですから、気を付けませんと」

「誰にでもこんな事をすると思っているのか？」

カリスタはきょとんとして、自分より高い所にあるフェリクスの顔を見上げた。フェリクスはエメラルドの瞳をそっと細めて、カリスタを見下ろしていた。

「君だからだ」

数度瞬いてから、カリスタはついつい笑ってしまった。彼の言葉と表情を見た時に、幼い頃遊んでいた時の、王子様役を半泣きでしていたフェリクスを思い出してしまったのだ。

フェリクス、カチヤ、カリスタの三人でよくなりきりごっこをして遊んでいたのだが、鬼監督であったカチヤはフェリクスが格好良い科白を言えないと怒り狂っていた。

「光栄です」

フェリクスはカリスタの返しが自分の期待と違ったようで数度瞬いて、それから納得いかないとばかりに口を尖らせた。だが、その子供のような動作にカリスタはもっと笑ってしまった。

二人は教室の外へと出た。一緒に歩いている理由を尋ねられたら、カチヤの名前を出して適当に誤魔化せばいいとフェリクスは言った。

フェリクスのお陰でヘレンやニールの事もなんだか遠くに行ったような気持ちになれたので、カリスタは彼の横を静かについていくように歩いて行った。

「そういえば、もうそろそろ、精天祭《せいてんさい》だな」

「ええ、そうですね」

こんな会話を、そういえばカチヤともしたと思い出す。あの時は話半分に聞いてしまっていたけれど……。

精天祭というのはジュラエル王国で年に一度行われている祭りの一つだ。人のふりをした妖精と町娘の悲恋という王国の伝説に基づく祭りで、彼らが天の国で共に過ごせる事を祈って祭りが開かれるのだ。

殆どの若者にとっては、町中に出店が立ち並び、恋人や友人と楽しく過ごす事が出来る日という印象だろう。

「君は、今年も？」

フェリクスの問いかけにカリスタは頷く。

「そうですね、図書館で勉強いたしますわ」

この日は学院も休みとなるが、例年カリスタは王都の図書館に赴いて勉強に勤しんでいた。何せ精天祭からそう遠くなく、学院では期末の定期試験が行われる。

貴族学院の定期試験はレベルが高いだけでなく、カリスタは取っている授業の科目も多いため、単純に試験の数も多い。たった一日とはいえ、時間を無駄にする事は憚《はばか》られ、精天祭の間も勉強に時間を割くようにしていた。

「エメラルド様はお祭りに行かれるのでしょう。楽しんでください」

「ああ、うん。……そうだな」

フェリクスはそう返事をしてから、ゆっくりと頷いた。

「大事な用ができてな」

「そうなのですね。上手く行くと良いです」

「ああ。君にそう言ってもらえると、嬉しい」

フェリクスは微笑んだ。普段学院で見かける跡継ぎとして人と関わる時にする笑顔ではなく、もっと柔らかい、幼い頃の彼がしていた笑顔に似た笑顔だった。

ドクリと心臓が音を立てた気がしたが、カリスタはその音に気が付かないふりをして、フェリクスと別れた。

屋敷に帰りつく。道中の馬車では、ヘレンはニールとの昼食の時間が良かったのか、本当に幸せそうだった。……幸せならただ幸せに浸っていればいいのに、わざわざどういう事があって幸せだったか、なんて事をカリスタに聞かせようとしてくるので困った。ただ今となっては敵対勢力であるヘレンが話すことというのは貴重な情報源であるので、カリスタは黙って聞き手に徹した。

子爵家を二分したあの言い争いの後、デニス、フィーネ、カリスタは祖父母やヘレンと食事を共にしていない。分かりやすい、ボニファーツに対する「認めない」というアピールである。日中、学院でのヘレンの行動をデニスたちに伝えると、デニスもフィーネも理解出来ないとばかりに眉を顰めた。

とはいえ、ヘレン本人よりも問題は、彼女を後継者にしようとし始めたボニファーツだ。彼が正統なこの家の当主であり、一番の権利を持つ人物である事は今でも変わらない。

「本家や分家も駄目だな、どうにも父に抱きこまれているらしい。曖昧な返事しか来ない」

「ではお義父様は本当にヘレンを跡継ぎにと担ぎ上げるおつもりなのですね……けれどどうやって本家を納得させたのでしょう。分家の方々はともかくとして……」

「本家の息子と話が出来たが、どうにもヘレンとニールの子供の嫁か婿として、本家の子供を貰うという約束をしているらしい」

元々あまり上下の関係性が強くないブラックムーンストーンの一族であるが、本家としては分家に恩を売れるのなら喜ばしい事として、受け入れたのかもしれない。

そこまで言ってから、デニスは一瞬カリスタを見て、別の話を始めようとした。何か他にも言われたのだと分かり、カリスタは父の手を掴む。

「お父様。他にも何か言われたのでしょう。教えてくださいませ」

カリスタに見つめられて、デニスは小さく息をついて、言われた事を教えてくれた。

「……父の言っていた、ヘレンの方が見た目がらしいという戯言を、受け入れたらしい」

本家の人間は、カリスタの髪色や目の色をブラックムーンストーン一族に相応しくないと思っている、という事だ。カリスタは膝の上においていた手につい力を込めた。力が入りすぎて、手のひらに爪が食い込む。

「二人が悪いわけではない」

デニスは力強く、そう言った。カリスタだけでなく、フィーネの顔色も悪くなっていたから、二人、と言ったのだ。

「たかだか髪の色や目の色で血の繋がりを無視する方がおかしいんだ。実の息子や孫を蔑ろにするなんて、頭がおかしくなったとしか思えん。冷静に考えてみろ、血筋を横に置いたとしても、ヘレンは貴族の家の当主の器ではないだろう。確かに、我が家には領地はなくともお金を生む資産はある。だがそれだけで貴族として生きていく事は難しい、故に我々は働いていく必要がある。

……あの娘がそれを分かっているとは思えんぞ」

ブラックムーンストーン子爵家の現在の収入は、ボニファーツとデニスが王宮に勤めている事で出ている俸給と、先祖が購入して所有しているいくつかの建物の家賃だ。

領地そのものを持つ貴族に比べればこなさねばならない仕事は少ないだろうが、全くないわけでもない。また現在住んでいる屋敷などを維持するために、しっかりと毎年働いて金を稼ぐ必要もある。

そんな事を、毎日自分がしたい事だけをしているヘレンに出来るとは思えない。

「カリスタ。ヘレンは学院でも相変わらずなのだろう？」

「……はい。今も親しくしているのは、令息ばかりの様子です」

今日もヘレンの帰りを馬車までエスコートしてきたのは、彼女のお友達だ。カリスタの返事にデニスは額に手を当てた。フィーネも眉を顰める。

「はぁ……ニール君と結婚するなどと言っておきながら……異性ばかりと親しくするなど……我が家の名を貶める行為をするような者に当主など任せられるものか。父は社交性が高いのだとか言っていたが、社交こそ好きな相手だけと関われる物ではない。むしろ嫌な相手や難しい相手とどう対応するかの方が重要な場面も多いのだぞ。……………勿論完璧な人間などいないし、多くの問題を抱えた人間が当主をしている家もあるだろうが、その場合は配偶者を始めとして周囲の人間が支えてやっていっているんだ。ニールにヘレンを支え切る事が出来るとも思えん」

デニスはカップに注がれた水を飲み干してゆっくりと息を吐き出した。その横に腰かけているフィーネが、そっと夫の手をさすっている。

「あの、お父様。ニール様について……ご報告したい事があるのです」

「なんだい」

「実は……」

カリスタは貴族学院で噂が回っているらしいという事を伝えた。フェリクスから聞いた噂の内容を説明し、その上で最近自分が感じていた視線についても説明をする。

デニスはカリスタの説明を聞き、ニールへの怒りで顔を歪めた。

祖父との争いのせいで、ここ最近の父は気が立っている事が多い。ニールが自分に都合よく噂を広めようとしている事を伝えるのは火に油を注ぐような事だったが、だからといって伝えないわけにもいかなかった。

「ニール……！　ヘレンを選んだに飽き足らず、そこまでしてカリスタを貶めるつもりか……！」

唸るように怒りを吐いたデニスだったが、そんな彼の腕を再びフィーネがさする。その手に我に返ったデニスは骨ばった手で目元を押さえ、頭を振った。

「……出来ればしたくないが……ここから更に問題が大きくなるようであれば、裁定も、視野に入れねばならないな」

その言葉にカリスタはギュッと膝の上で手を握りしめる。

当主であるボニファーツと後継者であるデニスの意見は交わらない。お互いに譲る気もない。……このまま、お互いの意見が平行線で進んでいくのであれば、最も簡単な争いの解決方法は、国に裁定を申し入れる事だ。

それは最初から分かっている事だったが、出来れば避けたいとカリスタもデニスもフィーネも、誰もが思っていた。

継承権にしろお金の問題にしろ、何かの争いが起きた際に当事者だけでは解決出来ない時、当事者が望めば国が介入出来る制度がジュラエル王国にはある。

国という、自分たちより上の立場が公平に公正に両者の言い分を聞いて結論を決める。それは自分の側に正義があると考えれば、とても簡単に自分が勝つ事の出来る方法だろう。

例えばボニファーツの考えは、血統を重んじる国の考えと相容れない。裁定を望めばボニファーツの願いは退けられて、デニスとカリスタが後継者となるだろう。

だが、今のデニスたちもそうであるが、実際のところ国に争いの裁定を求める貴族は多くない。

何故なら国に裁定を求めた場合、貴族社会において酷い醜聞になる可能性がとても高いからだ。

国が介入する裁定では、国側の人間がしっかりと中立に、公平公正に仕事を為していると証明するため、どんなやり取りがあってどういう理由からどういう結果になったかまでを全て正式な書面として残し、公開するのだ。これは後から同じ問題が再度起き上がらないようにするためでもある。

ある程度の身分がある人間であれば、その詳細な書面は閲覧が許されている。国の中立さを証明するために。

――つまり、お家騒動も金を巡る争いも、全ての一部始終が歴史に残るのだ。

「貴方。裁定なんてしたら……」

「分かっている。私とてしたくはない」

フィーネの言葉にデニスは同意を示した。カリスタとて、裁定は避けたい。

……お互いに、自分の利益を守るために争っているのだ。当然そこには他者には見せたくない一面が現れてくる。

貴族だけに留まらず、ある程度の地位がある人間であれば体裁を重んじる。そのような者たちが国に裁定を望み、何もかも表沙汰にするなど喜んでするわけもない。

とはいえ制度があるので、使用された例はいくつか存在している。裁定を望んだ時点で争いの内容を詳らかにされる事を遥かに上回る醜態を晒している場合であれば、関係者も諦めて国の介入を求める事が多い。或いは、あまりに争いが長期化している場合も、裁定を望む事が多い。

現状、ブラックムーンストーン子爵家のお家騒動について把握している人物はそう多くない。貴族学院ではニールのせいで多少噂が広がっているようであるが、それも貴族全体で見ればごく一部という範囲だ。

だからこそ出来る限り内々に解決したいのだ。デニスはこの争いで負ける心算はないため、自分が継いだ後に余計な噂を背負いたくはないし、それをカリスタにまで引き継がせたくもなかったのだ。

ボニファーツたちも裁定まで起こされれば自分たちが負ける事は分かっているだろう。それでもあそこまで強気なのは、デニスやカリスタが尻込みして国に裁定を望み出る事などないと思っているのかもしれない。

「……本家まで父の戯言に流されているのであれば……最悪は覚悟しておいてくれ」

デニスはフィーネとカリスタにそう言った。

出来ればそんな事は起こらないで欲しい。そうカリスタは強く思った。同時に、ふと、疑問が湧き出るのを止められない。

「……どうして」カリスタが呟いた言葉に、両親は娘を見つめた。「どうしてお爺様はあそこまでヘレンを可愛がるのでしょう？」

それは自分を可愛がってくれない祖父への嫌味というよりは、ただただ純粋な疑問だった。ボニファーツの溺愛はかなりのもので、恐らくだがカリスタがいなかったとしても、今のようにヘレンを溺愛していたのではないか。そんな風にカリスタは思うのだ。

娘の疑問に、デニスは難しい顔をして黙り込んだ。

それからゆっくりと、彼の考えを教えてくれた。

「…………確かに、そこは疑問だ。あの人は昔からコーリー叔母様やエルシーの事を溺愛はしていたが……てっきり、女性の身内だからそうなのだと思っていたんだ。ヘレンに対しては、幼くして実の両親を亡くした事に加えて、溺愛していたエルシーが死んだ事が衝撃だったんだとばかり思っていたが……」

デニスの言うコーリー叔母様とはヘレンの母方の祖母の事で、エルシーというのはヘレンの母の事である。

「もし他に理由があるとしたら……」

そこまで言った所で、デニスがそっと眉を顰める。何か心当たりがあるらしいと気が付いたカリスタは父に伝えた。

「お父様。何か心当たりがあるのでしたら、私にも教えてくださいませんか。お願いします」

「いやだが……」

「お願いします。お父様……」

デニスは迷っていたが、最終的にはカリスタの希望を飲んだ。

「……昔、使用人の間で……エルシーは、叔母様の嫁ぎ先の子供ではなく、父の子ではないかという噂が立っていた事があった」

カリスタはデニスの言葉が最初、理解出来なかった。文字だけが耳を通り抜けて、その意味を受け入れられなかったのだ。デニスは緩く首を振る。彼はその噂とやらを信じてはいないらしい。

「何の根拠もない、悪趣味な、ただの噂だ。…………だがそのような話が上がっていた時期があったのは、事実だ。父が母を裏切り、血の繋がらない妹と子供を成した結果が、エルシー……ヘレンの母親だという噂が、一時屋敷に流れていた。そんなわけはないのだが――」

父の言葉も、途中から耳に入らなくなってしまった。


――気が付けばカリスタは廊下を一人で歩いていた。

(つまり……ヘレンは、私と同じ、お爺様と血の繋がった……孫……?)

デニスはただの悪趣味な噂だと言っていた。確かにヘレンにボニファーツと似ているように見える所はせいぜい髪の色ぐらいしかない。ブラックムーンストーン家の人々はそれなりに調った顔立ちではあるものの、ヘレンのようなとびぬけた美人ではないので、顔立ちが似ているとは言い難い。

カリスタが朧げに覚えているヘレンの母も、ヘレンによく似て——順番を考えればヘレンの方が彼女の母に似ているのだが——とても美しい人だった。

ヘレンとボニファーツが、祖父と孫だとすぐに思える点は髪の毛の色と年の差ぐらいのものだ。だからヘレンが黒髪でも、カリスタは今まで義妹がボニファーツの実の孫なんて考えもしなかった。

（……お父様は悪趣味だと言うけれど、ヘレンのお母様がお爺様の娘なら、腑に落ちるわ。お爺様があれほどの無理を通そうとするのも……同じ孫娘なら、私のような髪色の娘より、黒髪のヘレンの方が良いに決まっているわ）

だがそうなると、ボニファーツとヘレンの祖母コーリーは関係を持っていたという事になる。彼らは血は繋がっていないが、兄と妹だ。

カリスタには兄や弟はいないし、それらしい立場の親戚等もいない。だから想像するのは難しかったが、血が繋がっていなかったとしても兄妹として育っていながら関係を持っていたとしたら……想像するだけで気持ち悪くて、カリスタは口元を押さえた。ジュラエル王国は兄弟姉妹で結婚する事は許されていない。

捻じれて拗れた血縁関係の話など、貴族社会には沢山ある。愛人を抱えた男女は多いし、庶子という単語も色々な所で聞く。頭ではそう理解出来る。だが他人の家でそういう事が起こっているのと、目の前で自分に流れる血を持つ人間がそういう事をしていたと聞くのは……全く別物だった。

「おねえ様っ！」

なんとか吐き気を抑えたカリスタの背後からヘレンの声がしたかと思えば、そのままヘレンはカリスタの背中に飛びついてきた。

タイミングが悪い。

今ヘレンの顔を見たら、先ほどの話を否応なしに思い出してしまう。

「おねえ様、今日ね、学院でおもしろい事があったんですよっ」

義姉と視線が合わない事など全く気にせず、ヘレンはあれこれと楽し気に日常を語る。

(聞きたくもない)

ヘレンの語る話は大事な情報源だ。だが心情として、今は彼女の話など聞きたくもなかった。

……まあこちらの心情など、ヘレンにとってはどうだっていい事なのだ。

「――それでね、後ね、あっ、私お祭りはニール様とデートするの！　おねえ様はどうするの？」

「…………図書館で勉強するわ」

「今年も？　一緒に遊んでくださる友達はいないのね。可哀そうなおねえ様」

「……友人はいるわ。でもそれより、この時期は勉強の方が大事でしょう。ヘレン。貴女も少しは――」

「まあおねえ様。本当にそう言うのね」

まるで、誰かからカリスタの言葉を聞いているかのような物言いに気になって聞き返す。

「……どういう意味？」

ヘレンは口元に指を持って行って、過去を思い出しながら答えた。

「ニール様が言っていたわ。お祭りに誘っても、いつも勉強を理由に断られていたって。勉強の方が大事って。きっと自分の事なんてどうでも良くて勉強だけが好きだったのだろうって」

カリスタは大きく目を開いた。

ニールがそんな風に思っていたなんて、カリスタは知らなかった。だってニールから、そんな事、言われた事はない。確かにニールに誘われる事はあった。でもいつも、勉強を優先すると伝えたら頑張ってと答えてくれていたではないか。

カリスタはいつの間にかヘレンが去った後も、廊下に立ち尽くしていた。

（…………私、ニール様の話をしっかりと聞いていたかしら）

冷めた関係だったし、ニールに恋もしていなかった。ニールもカリスタに恋をしていなかった。

それでも婚約者同士として必要な事は行えているとずっと思っていた。

（私、彼と……彼としっかりと話した事、あったかしら…………）

初めて会った時、この人が私の夫になるのかと思った。

それだけだ。

それ以上、何かを思う事もなく、カリスタの意識はこの婚約で大人たちがどんな契約を交わしているかを読み取る事に注がれた。それが当主として必要な技能だと思っていたから。

二人きりで過ごしていた時、どんな会話をしていたか。ニールは楽しそうにしていただろうか？　カリスタには思い出せなかった。ただ一つ、思い出せる事はあった。

（私は………きっと、笑ってもいなかった）

自分と過ごしていて楽しそうにしてくれる人と、一緒に過ごしたい。そう思うのは人間としてごく普通の思考だろう。カリスタにとっては、ニールと過ごすより、両親や、カチヤと過ごす方が余程安心して過ごせる時間だった。

今の今までも、ニールの事よりヘレンの事やボニファーツの事ばかり考えている。カリスタにとって、ニールはその程度の人間でしかなかった。……その気持ちが、態度に、にじみ出ていたとしたら。

「好かれるはずなんてないわね………」

どこか疲れたような声で、カリスタは呟いた。

第四粒　フェリクス・エメラルドの初恋

幼い頃のフェリクス・エメラルドは、泣き虫な子供だった。

恐らく貴族学院で初めて知り合った者たちは想像もしないだろう。だがフェリクスは自分が泣き虫な子供だった頃の事を、よく覚えている。

「う、うぅ、うぅ」

痛いのも怖いのも好きではなかった。フェリクスは何かある度に泣いてしまい、その泣き虫っぷりには妹のカチヤが呆れるほどであった。

だがフェリクスの生まれは、彼に泣き虫のままでいる事を許さなかった。

父親はエメラルド伯爵家の嫡男。本家であるエメラルド侯爵家の人々からの覚えも良い。その上、母親はイエローダイヤモンド公爵家の出身の、場合によっては姫とすら呼ばれる立場の人間だった。

そしてフェリクスは、そんな二人の一人目の子供として生を受けた。

そのような身の上は、フェリクスが泣き虫であり続ける事を許さなかった。フェリクスが学院に入学する前に身罷った祖父は厳しい人で、フェリクスが泣くのを見る度に厳しく叱った。

今となっては、祖父なりの愛情だったのだと分かる。力のある家の息子として生まれてしまった以上、求められる姿というものがあるのはどうしようもなかったし、泣き虫のままでは周りに舐められて蔑まされたりしていただろう。

だが幼いフェリクスにとっては叱ってくる祖父は恐怖の対象で、顔を合わせる度に泣き出してしまうほど怖く思っていた。

幸いな事に、フェリクスの両親はそんなフェリクスを見て祖父のように叱りつけるのではなく、ゆっくりと育つ事を許してくれる人々だった。

その頃丁度、父が領地であるエノルディで暫く領地の運営を行う事になったので、両親はこれを利用した。

公爵家から嫁いでいたきた母には、祖父と言えど強く物を申せない。だから母は、フェリクスとカチヤを連れ、祖父のいる王都から離れたエノルディに向かったのだ。

祖父は最初こそ怒っていたらしいが、祖母の執り成しと父からの説得もあり、フェリクスがしばしの間王都から離れた土地で穏やかに過ごす事を認めてくれた。

フェリクスがエノルディに来た背景にはこのような理由があったわけだが、この理由は偶然にも、後に出会う初恋の相手がエノルディに来たのと、似た理由であった……。

——そうして王都からエノルディに引っ越したフェリクスだったが、そこでも泣き虫は継続された。

まず、同年代の子供とどうにも合わない。

フェリクスやカチヤの遊び相手としてエノルディで暮らす貴族の家の子供たちが集められたが、

生まれた時からエノルディという自然ゆたかな土地で生活していた彼らと、これまで王都の屋敷で生活していたフェリクスの価値観が同じなわけはない。大人であればある程度取り繕えただろうが、子供はそんな事出来ない。

フェリクスはあっという間に同年代の男の子たちから仲間外れにされて泣いた。それを見ていられなくなったカチヤに回収される。そう回数を重ねずにそれがいつもの流れとなってしまったので、他の子供たちは呼び出されなくなった。

次第にフェリクスは屋敷に籠り、どこにも行かなくなった。

エノルディに連れてきたのは失敗だっただろうか。両親がそう思い始めていた頃、フェリクスとカチヤの目の前にカリスタは現れたのだ。

「はじめまして。カリスタ・ブラックムーンストーンでございます」

カチヤと同い年だという王都からやってきた女の子は、年齢にしては随分としっかりしたカーテーシーをして、それからフェリクスとカチヤに微笑んだ。

フェリクスは彼女に目を奪われた。

彼女の見た目はフェリクスにとって新鮮なものだった。

平均的な話ではあるが、高位貴族ほど髪や目の色彩がハッキリしている者が多い。実際、母は髪も瞳も、見続けると目がチカチカしてくるほどに黄色寄りの金色だ。父は髪も目もエメラルドそのもののハッキリとした緑色をしている。祖父と祖母も父と似たようなものだった。両親の子供であるフェリクスとカチヤは母譲りの黄色とも言える金髪に、父譲りのくっきりした緑の瞳をしていた。

親戚も、殆ど似たようなものだ。

だからフェリクスの目に、淡い色彩のカリスタはより印象強く映った。白い髪は年老いた人々の白い髪とは違い、まだ何も色が付けられていないシルクのように美しかったし、薄い金のような瞳は柔らかく、初対面の子供に会うからと緊張していたフェリクスの心を解して行った。

挨拶の後、カリスタは母親と共に屋敷に案内されたのだが、カリスタの母と自分の母が会話をしている横で、兄とは違い物怖じしないカチヤは早速カリスタに話しかけた。

「なにをしてあそびます?」

「いつもおふたりはなにをされているのでしょう」

「おいかけっこ。かくれんぼ。それからおひめさまやおうじさまや、おとうさまやおかあさまになるのよ。なりきりごっこ! ちぇすもするけど、まだむずかしいの。ふぇりくすはなにがいい?」

「え、あ……お、俺は……お、おいかけっこ?」

とりあえず最初に聞こえた遊びを選んだ後、三人は楽しく庭を駆け回った。

だが走り回っている途中で、フェリクスが勢いよく転んでしまった。

伯爵家の庭は、一面芝生が敷き詰められている。だから顔から転んでも砂の地面にぶつけるよりは痛くはない。だが、他の事象と比較する事は無意味だった。

痛い。

フェリクスの思考はそれで埋まり、フェリクスはわんわん泣き出した。カチヤは相変わらずと慣れたもので、転んだフェリクスの手当のために侍女を呼びに行ってしまった。残されたのはフェリクスが泣き虫な事など知らないカリスタと、痛いと泣いているフェリクスだった。

「どこがいたいですか」

フェリクスの傍に寄ったカリスタは、そう問いかけた。ぐすりと鼻水をたらしながら、フェリクスは答えた。

「はっ、はな、あと、うで、ひざも……」

カリスタは取り出したハンカチーフをそっとフェリクスに差し出した。フェリクスはそれを受け取り、鼻の周りをそれで擦った。その間もぐずぐずと、涙が漏れる。

「もうすぐ、じじょのかたがくるとおもいますわ」

「……」

「…………なんで、わらわないの？」

カリスタは首を傾げた。

「みんな、俺がなくと、わらうんだ。そんなことでって」

フェリクスの頭の中には、エノルディに来たばかりの頃、集められた年の近い男児たちと追いかけっこをした時の記憶が蘇ってきていた。

全員、全力で走り回っていた。だから時には力加減もなしに叩くとか押される事もあって、あの時もフェリクスは転んだのだ。その時は膝が痛くて痛くて泣いて、その場にいた子供たちはフエリクスを見ながら笑った。「こんなことでなくなんて、よわむし！」と。

「わらいません」

カリスタは、ハッキリと告げた。フェリクスはエメラルドグリーンの瞳を瞬いて、目の前の女の子を見る。こんなに淡い色彩で、吹かれたら飛んで行ってしまいそうなのに、その瞳はまっすぐにフェリクスを見つめていた。

「しんぱいはいたします。でも、あなたのいたみをわらったりしませんわ」

その……どうしようもなくまっすぐな瞳に、酷く惹かれた。


それからというものの、フェリクスとカチヤはカリスタと繰り返し遊びたがった。両親も、屋敷に籠りがちになっていたフェリクスが熱心に遊びたいと主張した事もあり、カリスタを何度も屋敷に招いた。

ある時は三人でかくれんぼをした。隠れるのがうますぎたフェリクスをカリスタたちは見つけられず、あまりに長い時間放置された事で不安になったフェリクスが泣いて終わった。

ある時はカチヤが好きななりきり遊びをした。その時その時でなりきり対象は違うのだが、フェリクスはこの遊びが下手でカチヤが何度も怒った。カリスタも上手い方ではなかったが、フェリクスがあまりに下手なので彼女がカチヤに怒られている所は見た事がない。

ある時はまたおいかけっこをした。今度は転ばないで、最後まで三人で笑って過ごした。

ある時は本を読んだ。カリスタはフェリクスやカチヤよりも容易に文字を読む事が出来たため、専らエメラルド兄妹はこの新しい友人の読み聞かせを聞いていた。

ただ遊ぶだけでなく、三人でお喋りだけする時間も沢山過ごした。その中でフェリクスはカリスタが次期当主の唯一の子供である事を知った。彼女はいつか当主になる立場として、勉強もマナーも頑張るのだと語る。そんな年下の女の子に、いたく感銘を受けた。彼女みたいに頑張ろう。そう前向きに思えるようになった。

――気が付けばそれらは日常となり、これからもこんな風に三人で遊んでいけるだろうと、何の根拠もなくフェリクスは思っていた。

そう。フェリクスは勘違いしていた。カリスタはずっとエノルディにいるのだと。自分やカチヤの傍にいるのだと。

「おうとにかえることになりましたの」

ある日、カリスタはフェリクスとカチヤにそう言った。固まった兄妹だったが、先に我に返ったのはやはりカチヤの方だった。

「いつ？　それから、おうとにもどったら、もうここにはかえってこないの？」

「らいげつには。おうとにもどったら、エノルディにはこないとおもいます」

来月。あっという間に来月になってしまう。しかも王都に戻ったら、カリスタはもうエノルディには来ない。

フェリクスは泣かなかった。泣くのも忘れて呆けてしまっていた。

「…………いやだ」

カリスタと会えなくなる。そんなの、考えただけで涙が溢れてきてしまいそうだ。

どうしたらいいのだろう。どうしたら一緒にいられるのだろう——。

その時、フェリクスの頭に一つの回答が浮かんだ。

いつだったか、母は、父を見初めて結婚を迫った時の事をこう言っていた。

「ずっと傍にいたいと思ったのよ」

次期伯爵夫人らしい声ではない、一人の少女が漏らしたような暖かい声だった。

そうか。一緒にいたいなら結婚すればいいんだ。

フェリクスはそう考えて、すぐ行動した。

フェリクス・エメラルドは泣き虫な少年だったが、行動力がないわけではなかった。

この時のフェリクスは書類処理的な方向での結婚の方法など、知りもしない。彼の中での結婚のモデルは実の両親である。二人やその周りの人々から聞いた昔の両親の行動を真似れば結婚出来ると、泣き虫な少年は思っていた。

だからまず、求婚をしなくてはならない。最初に結婚したいと望んだのは母だが、父は改めて母に求婚をして結婚したと聞いている。その時には花束を渡したとか。

大きな花束は用意出来なかったから、庭師に強請っていっとう綺麗に咲いた花を一輪譲ってもらった。

そして次に、二人きりにならなくてはならない。父はどこかの建物のバルコニーで求婚したらしいが、この屋敷のバルコニーがある部屋は普段閉まっていて入れない。幼い子供が沢山いるので、何かあったら危険だと閉められているのだ。

だから別の場所で求婚する事にして、求婚の邪魔者となるカチヤをどう追いやるかを考えた。考えに考え抜いて、フェリクスは最後にはとっても簡単な嘘をついてカチヤを遠ざけた。すなわち、今日カリスタは体調を崩して遊びには来られなくなったというものだ。使用人たちにはカチヤを驚かせるんだと話せば、彼らはカリスタが来る事を秘密にしてくれた。だがカチヤの事だ、来客の気配に気がついて、すぐに出てくるに決まっている。

なのでフェリクスはカリスタが到着するとすぐに、彼女の手を引いて花壇に向かった。

「どうかなさったのですか、ふぇりくすさま」

カリスタと向き合うと、フェリクスは酷く緊張した。胸はずっと大きく鼓動しているし、そのまま口から出て行ってしまいそうだ。だが頑張ってこの短い二人きりの時間を作り出したのだから。

フェリクスは、まず、花を差し出した。庭師が用意してくれた、いっとう、綺麗に咲いた花だ。きっと気に入ってくれるという確信があった。

それから、お腹に力を込めながら言った。

「カリスタ、俺とけっこん、してくれ！」

一世一代の告白だった。受けてくれるかは分からないけれど、それぐらいの、覚悟を持った求婚《プロポーズ》だった。

それを受けたカリスタはというと……何度も目を瞬かせて、それから笑った。

「きょうのあそびはなりきりごっこですのね」

その言葉に唖然としている間に、フェリクスが差し出した花は受け取られていた。

花は受け取ってもらえたが、自分の求婚を受け入れてもらえたわけではないという事は彼女の言葉から流石に分かっていたので、フェリクスは何度も首を横に振った。

「これはごっこではなくて！　ほんきなんだ！　カリスタ、俺とけっこんして、ずっとそばに――」

「？　ふぇりくすさま。わたしとふぇりくすさまは、けっこんできませんわよ」

改めて求婚したフェリクスに、カリスタは少しだけ首を傾げ、心底不思議そうに言った。

キッパリとした拒絶にフェリクスは涙ぐむ。

「エ！　な、なんで。俺が、なきむしだから……？」

泣きそうになったフェリクスに慣れた手つきでカリスタはハンカチーフを差し出す。それから、冷静に結婚出来ない理由を告げた。

「だってわたしもふぇりくすさまも、いえをつがなくてはなりませんわ。けっこんしたら、エメラルドけにこなければなりませんよね。わたしはブラックムーンストーンけのこうけいしゃですから、エメラルドけにはいけませんもの。ですから、ふぇりくすさまとはけっこんできません」

フェリクスもちゃんとお互いが後継者であるという事は知っていたのだが、〝カリスタと離れたくない〟が先行してしまい、全く意識していなかったのだ。

カリスタは家を継ぐ人間。フェリクスも、家を継ぐ人間。だから結婚出来ない……。もはや涙も出ず固まっているフェリクスに、どう対応したら良いのだろうかとカリスタは困っているらしかった。

その微妙な空気を壊したのは、カリスタが来ている事を遅れて知り、二人を探していたカチヤだった。

「ふぇりくすっ！　このおうそつき、どこですの！　このわたくしにうそをつくなんてよくもやってくれましたわねっ！」


――フェリクスはこうしてカリスタに告白し、そして玉砕した。その後のフェリクスの落ち込みようは酷かったが、カリスタが王都に帰ってしまうのが悲しいのだろうと思われて、殆どの人はカリスタに振られた事には気が付いていなかった。

そこからフェリクスはカリスタが帰るまで、何も出来なかった。カリスタはフェリクスに求婚されたにもかかわらず、今までと同じように遊びに来ていた。

カリスタの言った〝来月〟はあっという間に来て、彼女は王都に帰ってしまった。

最初の頃はぐずぐず泣いていたフェリクスだったが、そんな兄を見たカチヤは呆れ声で言った。

「きぞくがくいんでまたあえますでしょう」

それはフェリクスの盲点であった。

貴族学院にフェリクスは将来的に通う事になるだろう。カリスタとて家の跡継ぎなのだから、確実に入学してくる。

フェリクスはごしごしと自分の顔を拭いた。そして、決意した。もう泣き虫なんて言われないと。次にカリスタに会う時は胸を張れる自分になりたいと。

その決意から、フェリクスは人が変わったように努力を始めた。勉強も運動も頑張った。疎遠になっていたエノルディに住まう令息たちとも再び関わり、二度と泣き虫と言わせなかった。


こうした自己変革に躍起になっていたフェリクスは後々、知らぬ間にカリスタに婚約者が出来た事を知り、また酷くショックを受けてしまうのだが、カリスタは幼馴染からそんな感情を向けられていると、知りもしないのだ。幼い頃あれほど一緒に遊んでも、生きてきた年数から考えれば二人が傍にいた時間は短かった。

だがカリスタ・ブラックムーンストーンは、間違いなくフェリクス・エメラルドの初恋で。同時に、フェリクスが大事に抱え続けている、進行形の、恋の相手であったのだ。


「……やはり、諦めきれないな」

我ながら執念深いと、フェリクスは自嘲する。幼い頃の事を思えば、今のフェリクスはとてつもなく良い男になったと思うのだけれど、意識して欲しい相手からはあまり意識されていないという悲しい事実を、今日の出来事で知ってしまった。

教室で二人きり。そして相手の涙を見ないためという善意からとはいえ、あれほど密着した。

あの場で直接、特別視していると伝えれば想いが伝わるかと思ったのだが……求婚した時のように、笑われてしまった。

何故意識してくれないのだと不満をぶつけたくもなったが、そもそもは相手を振り向かせられない自分が未熟で魅力が足りないのであり、カリスタは悪くない。

何にせよ、教室で直接会話出来た事で、カリスタ側の事情も詳しく知れた。同時に思った。こんな機会は、二度とないだろう。

何年も初恋を引き摺り続けている男が、相手に隙を見つけて、黙ったままでいるわけがないのである。

第五粒　精天祭

精天祭当日はあっという間にやってきた。

精天祭は悲恋に終わった町娘と妖精の恋の物語が発端の祭りなだけあり、主に恋人同士や夫婦が持ちあげられる祭りである。

祭りの本番は空が夕暮れだしてからだが、昼の時間帯から屋台が並び、その日は一日人々が盛り上がる。

まだ未婚の貴族令嬢は、太陽が照っている時間に町を巡り、夕方が近くなるとどこかの建物を貸し切ったり屋敷で楽しく過ごすというのが一般的だ。この昼と夜の境目の時間帯から、空にはいくつもの花火が打ち上げられる。この花火は、天に上ってしまった町娘に会いに行こうとして妖精が何度も空に飛び上がった姿を真似たものと言われている。夜の最も盛り上がる時間帯に無数の花が空を彩る光景は絶景であり、他国からそれを見るためにわざわざやってくる者もいるほどである。

そんな世間など知らず、カリスタは一人図書館に朝早くから来ている。精天祭の日にカリスタが図書館に来るようになった切っ掛けは、静かで、何か調べものがしたい時にすぐ資料を探す事が出来るからだ。

ここは王都にある図書館なだけあって、建物は広く、収蔵されている書物の量はかなりのものだ。学院で用意されている教材の元となった本などもあるので、普段からも度々この図書館は利用していて勝手はよく知っている。

精天祭当日にわざわざ図書館に来て本を読もうという人はそう多くない。お陰で人の気配にもあまり気を散らされずにすむ。

朝早くから図書館で勉強をしていたカリスタは、外で人々が祭りを楽しんでいる時間を目いっぱい、勉強につぎ込んだ。

勉強している間は余計な事は考えなくてすむ。

そうして熱中している間に、随分と時間が過ぎたようだ。空が赤らみ始めている。

（……もう帰りましょう）

元々今日するつもりであった勉強は問題なく済ませてあって、時間を持て余して更に復習をしていた所だった。人の動きが激しくなれば、帰りづらくなる。その前に帰ろう。そう考え、カリスタは勉強に使用した本を集める。

図書館にいる司書に返却をお願いするため、カリスタは司書を探しに建物の入口近くへと移動した。

だが司書の席に赴いたカリスタは、その席が空席になっている事に気が付いた。

暫く司書の帰りを待ってみたカリスタだったが、いくら待っても司書は帰ってこない。

理由は不明だが、あまりここで時間を使っては、込み合う時間帯になってしまう。込んでいる中移動はしたくない。仕方なしに、カリスタは自力で本を本棚へと戻す事を決めた。

図書館の本棚は人間が簡単に取りやすいと思われる高さよりも、より多くの本を収蔵する事に焦点が当てられている。そのため一部の本が取り出したりしまったりしにくい位置にあるのはよくある事だ。カリスタが使用していた本もその一つだった。こういう時のために踏み台が図書館には設置されているのだが、これが重い。若い女性が一人で運ぶのは中々難しい。

なのでカリスタはその踏み台は使わないで戻そうと考えた。

だが実際に本棚の前に立ち、手を伸ばし始めると……自力で戻せそうと絶妙に思えてしまう高さだったのがにくい。

淑女らしさを捨てて限界まで背伸びをすれば、なんとかしまえるかも。そう考えて腕を伸ばしたものの、そう簡単ではなかった。

「んっ………」

ほんの少し体を本棚に押し付けて、限界ギリギリまで足先だけで立つように体勢を変える。本が隙間に入り込んだ感覚がした。だが普段しない体勢のためにバランスが取れない。

「ん、んっ！」

実際に飛び跳ねたわけではないが、気持ちの上では反動で勢いをつけながら本棚に本を差し出すが、まるで本を片づけるのを本棚が拒絶しているかのようだった。

「あっ」

何度目かの挑戦で、カリスタの体は完全にバランスを崩して、後ろに傾いた。反射的に目をつむり、体に訪れるだろう衝撃を待ったカリスタだったが、彼女の体が床に落ちる事はなかった。

背後から、誰かに包まれるような体勢になったのはあまりに突然で、カリスタは何が起きたのか分からなかった。遅れて、真後ろに人がいてバランスを崩した所を抱き留められたと気が付く。慌てて顔を上げたカリスタの視界には見慣れた顔があった。フェリクスだ。

フェリクスはカリスタの方は見ておらず、カリスタを抱きとめているのと反対の腕をカリスタの上に伸ばし、カリスタが本棚に戻そうとしていた本を掴んでいた。

「……大丈夫かい」

「は、はい。……エメラルド様……どうして、ここに？」

知り合いにはしたない所を見られてしまったとカリスタは恥ずかしく思いながらそう尋ねる。

彼はカリスタが両足でしっかりと立っている事を確認すると、彼女の体に回していた腕を離した。

「話したい事があったんだ、君にね…………図書館に行くと言っていただろう？　そしたら無理をしているのが見えたから。……この本はここに戻せばいいかい？」

「は、はい。そうです」

フェリクスは難なくその本を本棚へと戻した。

「ありがとうございます、エメラルド様」

「これぐらいなんて事ないさ」

「では、私への話をお聞きしますわ。なんでしょうか」

こんな日にわざわざカリスタを訪ねてきたのだから、さぞ大事な用事なのだろう。早く目的を果たしてもらおうというカリスタなりの善意からそう申し出た。

「そうだな……少し場所を移しても？　人が少ないとはいえ、あまり図書館の中で長話をするべきではないだろう」

「そうですね。では場所を移動いたしましょう。ご希望はございますか？」

「ああ。考えてきている」

フェリクスは微笑み、そっとカリスタへと手を差し出した。

「御手をどうぞ」

どこか演技のような行動だというのに、フェリクスがすると不思議と嫌味がない。

カリスタはほんの少しだけ、その手に自分の手を重ねるのを躊躇《ためら》った。だが、差し出されたそれを無視するのも失礼だ。それに今日の図書館は例年に比べても人がいない。……分かっている。

ここでフェリクスの手を取っても、誰かに見られる可能性はそう高くない。

それでもなお躊躇っていたカリスタの、半端に浮いていた手をフェリクスは救い上げた。

「あ……」

「こちらへ」

優しく、けれどハッキリとした意思でもって、引き寄せられる。そのような心算はなかったのだが、気が付けば彼と腕を組んで移動する形になっていた。

「え、エメラルド様っ」

「ん……すまない。歩くのが速すぎたか？」

そういう事ではなかったが、フェリクスはカリスタの顔を見下ろして小さな気遣いを見せる。先ほどまでも別に速かったわけではなかったが、カリスタの歩幅に合わせた動きになった。

つい先日も、フェリクスと体が触れ合った。思い返せばとても恥ずかしい記憶だが、あの時はカリスタ自身も様々な事に気を取られて、そこまで意識していなかったと分かる。

心臓が大きく跳ねている。

カリスタは家族以外の異性との関わりが薄い生活を送っていた。腕を組んで、体を密着させながら歩く経験なんてない。心臓が異様なほど動くのは、経験が少ないせいだろう。カリスタはフェリクスに気が付かれない事を願いながら、やや俯く。

「ここだ」

フェリクスに導かれた先は、バルコニーだった。

この図書館の構造は城に近い。そのため建物の二階にはバルコニーがいくつか取り付けられており、昼間であればバルコニーに備え付けられているテーブルや椅子で本を読む事も出来る。

バルコニーに出てやっと腕が離れた事で、カリスタは小さく息をついた。歩いている間、フェリクスは特に会話を振ってこなかった。それに感謝した。もし話しかけられていたら、この前のカチヤとの会話の時のように中身のない返しをしてしまっていたかもしれない。

「……うん。丁度だ」

空を見上げれば、紺色になった空に、ぽん、ぽん、と言えそうな軽さで小さな光が上っていき……そして、勢いよく花が開く。

「まぁ」

花火の美しさに、カリスタは軽く声を出す。

空というキャンバスに、次々に一瞬だけ花が咲き誇る。一面の花畑ではない、すぐに消えてしまうそれをカリスタはじっと見つめていた。

祭りの本番だ。

こんな風に熱心に花火を見上げるのは、幼い頃以来の事だ。特に貴族学院に入学してからは祭りの事は意識の外に出すようになっていった。

（……これを、お母様たち以外の誰かと見上げる事があるなんてね）

本来ならば、婚約者であったニールと見上げる事もあったのだろう。カチヤから誘われた事もあった。だがカリスタはその言葉を受け入れる事はなかった。

「もっと努力しなくてはいけないから」

そう言って。

自分はもっともっと勉強しなくてはならない。もっともっと知識を得なくてはならない、そうしなければ認められない……。

そんな風にいつも自分を追い込んでいた。

（当主として必要な事は勉強以外にも沢山あるのではないかしら……）

花火を見上げながら、何故かそんな事を思った。今までカリスタがいらないと後回しにしてきた沢山のものが、何故か脳裏に蘇った。

ではない。


「カリスタ嬢」

物思いにふけりそうになったところを、フェリクスからかけられた優しい声で我に返る。そもそもそもここに来たのは、フェリクスがカリスタに用事があったからだ。自分の事を考えている場合ではない。

「はい。エメラルド様」

自然と、二人は向き合っていた。

フェリクスがカリスタの両手をそっと握る。突然の触れ合いに驚き、手を離そうとしたが、思ったより強い力で握られていたため、二人の手が離れる事はなかった。

フェリクスは真剣な面持ちで、カリスタを見つめている。

雰囲気が何かおかしいと……流石のカリスタでも気が付く。

「え、めらるど、さま……?」

カリスタを見つめる緑の目そのものがまるで熱を持っているような気がする。ただ見られているだけなのに、体温が上がっていく。

フェリクスはカリスタの手を握ったまま、深呼吸を一つした。そして……。

「君が好きだ。どうか私と結婚して欲しい」

カリスタは目を大きく見開いた。

この状況では、流石に冗談だとは思えない。彼が本気であると、カリスタは分かってしまった。

ふと、記憶のかなたに追いやっていた事を思い出す。伯爵家の領地で、幼いフェリクスに連れていかれた花壇の傍で、フェリクスに差し出された可愛らしい花……。

（どうして、私、今、あの時の事なんて）

何故忘れていたのだろう。いや、その理由自体は簡単だ。あの時の自分はその言葉を真剣には受け取らなかった。何かしらの冗談の延長や、遊びの延長程度にしか思っていなかった。空き教室で二人きりの時に言葉をかけられた時も、同じように考えて、笑って流していた。

それを思い出しながら、カリスタは少しだけ震える声で答える。

「わ、たしは……今は少し騒いではいますが、家を継ぐ立場ですわ」

「ああ」

「エメラルド様も、家を継ぐ立場です。結婚など出来ません……お分かりでしょう?」

「つまり、その壁さえなければ私と結婚してもいいと……そう思ってくれるんだな」

「っ!」

フェリクスに尋ねられ、カリスタは固まった。

指摘されて気が付いた。

カリスタが提示した理由よりも先に、言うべき事は他にもあった。単純に家格を始め、様々な面でカリスタがフェリクスと釣り合いが取れるとは言い難いのだから、それを最初に言うべきだっただろう。或いは、そもそもそんな相手として見る事が出来ないと断ってしまっても良かった。

それにもかかわらず、今カリスタはお互いの責任ある立場の事しか指摘しなかった。かけるべき言葉の順番が、何かおかしかった。その事に気が付き、混乱する。

「わた、私は、わたし」

狼狽えるカリスタに対して、フェリクスは逃がさないとばかりに、掴む手の力を強くした。

「後継者という立場を理由にするのなら、私は君の所へ行く覚悟もある。家を継ぐ、という条件だけ見れば、エメラルド家の後継者が私である必要もない」

確かに彼の妹であるカチヤは後継者教育を受けているので、今から跡継ぎとなっても問題ないかもしれない。

だがそうだとしても、名家の嫡男という立場を簡単に捨てようとしているフェリクスに、カリスタはもう開けないというほど、限界まで目を見開かざるを得なかった。

「どう、して……そこまで……？　だって、私、ただの子爵家の娘で」

「君相手だから、ここまでするんだ。覚えているか、王都に帰る事になった君に、私が求婚した時の事を」

二人の視線が合う。

カリスタも覚えている。花を差し出して、彼は結婚してくれとカリスタに請うた。

「あの時は本気と思ってくれなかったようだったが……あの時から、ずっと、ずっとずっと、君だけを想ってきた。断られても諦められなかった。……学院で再会してからも、家を継ぐために努力をする君をずっと愛おしいと思っていたんだ。君には婚約者が出来ていたから、想いを伝える事は出来なかったけれど……ずっと、君が好きなんだ」

強い視線に耐えきれず、カリスタは視線をそらした。フェリクスはそれを咎める事はしなかった。

　カリスタに出来たのは、時間を置いてから、こう答える事だけだった。

「……今、すぐには、答えられません」

　自分にまっすぐに向き合ってくれたフェリクスに対して、なんて失礼だろうとも思う。でもそうとしか言えなかった。

　自分自身の感情も、思考がごちゃまぜになって上手く分からない。その上、結婚……婚姻関係を結ぶという重要な事を、個人の判断で答えるなんて、カリスタには到底出来そうにもなかった。

「お父様に、確認、しなければ……」

「勿論だ」

　フェリクスの声に怒りはなく、ただ優しい。カリスタの考えを受け止めて、肯定し、そっとその背中を押す声だった。

「どうか、君の父君にも話をして、その上で答えが欲しい。だが覚えておいてくれ。私は、どんな形になっても君の隣にいたいと思っているし、君が許してくれるなら、当主となる君の隣で君を支え、助けていきたい」

　エメラルドグリーンの瞳はただただまっすぐに、カリスタの事を見つめていた。

第六粒 責任

屋敷まで帰ってきたカリスタはどこかぼうっとしていた。

昨年はもっと空が明るいうちに帰ってきたのに、気が付けば空もだいぶ暗くなっている。貴族の令嬢が、一人でこれほどの時間まで出歩いていたというのは、外聞が良くない。普段であれば祖父母に咎められるだろう。……ただ今日は精天祭。多少の目こぼしはあると、思いたい。ヘレンなど、昨年は随分遅くまで友人たちとはしゃいで帰ってこなかったのだから。

そんな事を思いながら家に帰ってきたカリスタでも、屋敷の中がどこか異様な雰囲気になっていると気が付く。

「何かあったの？」

近くを早足で歩いていたメイドに声をかけると、メイドはどうして話しかけてくるのだという視線を向けてきた。声をかけてから気が付いたが、このメイドはよくヘレンに頼まれごとをしているメイドだ。つまり、ヘレンや祖父の味方だ。

声をかける相手を間違えたと少し後悔したカリスタだったが、メイドはどこか嫌そうにしつつも、答えてくれた。

「ヘレンお嬢様が襲われたのです」

「……なんですって⁉」

襲われたと言う物騒な単語に、カリスタは声を裏返らせた。

どういう事だとメイドに更に説明を求めると、メイドはイライラした雰囲気を出しながらも答えてくれた。

今年、ヘレンはいつも親しくしている友人たちとではなく、婚約を結んだばかりのニールと共に精天祭に向かったのだという。

若者や幼い子供も多い午前中から、夕方以降までもニールと共に楽しんでいたようなのだが、そこで突然見知らぬ男たちに襲われたのだという。ニールも多少は鍛えていたが、相手は複数人であっという間にやられてしまったそうだ。最終的には騒ぎを聞きつけた人々の加勢により、ヘレンが怪我をする事はなかったと言う。

「もうよろしいですか？　仕事があるのですが」

「え、ええ。教えてくれてありがとう」

メイドはすたすたと歩いていく。

複数の異性に襲われるなど、想像するだけで恐ろしい。その上、この事が噂として広まれば女性として嫌な言い方をされる可能性も高い。他者にあれこれと言われる事は、苦しいものだ。敵対関係にあるとしても、心配はする。

そう思ってヘレンをまず探してみたのだが、どうやら今は祖父母に慰められている途中だという事が分かり、すぐに会いに行くのは止めた。もしその空間をカリスタが邪魔などすれば、祖父の怒りに触れそうである。

ヘレンの事は気になりつつも、カリスタは先にデニスの執務室へと向かう事とした。

「お帰りカリスタ」

「ただいま戻りました。……あの、お父様。お話したい事があるのですが、お時間よろしいですか？」

「勿論だ。座りなさい」

デニスはカリスタに椅子を示す。

親子は向き合うように腰かけた。

「それで、何かあったか。まさか何か危険な事でも……」

カリスタの難しい顔を見てデニスは眉根を寄せながらそう言った。恐らく既にデニスもヘレンが襲われた話は聞き及んでいるのだろう。それについても後から尋ねておく必要はあると思いつつ、カリスタは首を横に振って強めに否定した。

「……フェリクス・エメラルド伯爵令息から、本日、求婚、され、ました。こちらに婿入りする形でも構わない、と……」

デニスはその言葉を聞いた後、黙った。黙り込んで、何かを考えるように少し上を見つめている。

カリスタははいともいいえとも言わないデニスの顔色を、少し青ざめながら見つめた。何か伝え忘れていた情報があるだろうかと振り返り、慌てて付け足す。

「わ、私は、自分一人ではお答え出来ない旨をお伝えして、エメラルド様も返答は、お父様に確認してからで構わないという事でした……」

伝えるべき事は全て伝えたと思ったが、デニスの顔色が変わる事はない。

不安に飲まれそうになったカリスタをよそに、デニスは遠くを見ながらやっと口を開いた。

「非公式ではあるが、エメラルド卿からも、婚約の打診が来ている」

デニスの言うエメラルド卿というのはフェリクスの実父にして、現エメラルド伯爵だ。

エメラルド卿からデニスに話が来ているという事にカリスタはとても驚いた。

どうやらフェリクスは、事前に全てを自分の両親にも相談し、話をつけた上でカリスタに求婚していたらしい。

「婚約の形は、フェリクス君がこちらに婿入りする形でも、カリスタがあちらに嫁入りする形でも、問わないそうだ。ブラックムーンストーン家の判断に任せると」

内容は、あまりに破格だった。エメラルド家ならば、カリスタに嫁入りをしてこいでも、フェリクスを婿入りさせろでも、命令のような形にする事だって出来なくない。

それにもかかわらず、こちらの意思を尊重している。……それはすなわち。

「カリスタはどうしたい」

他でもない、カリスタ本人の希望を問うているという事だ。

それを理解した途端、カリスタの体が震えた。それを抑えながら、父親に答える。

「私は、家を継ぐ身ですから……嫁入りなど、有り得ません、お父様。……ですが……そのためにエメラルド様を婿入りさせるなど、そんな事……」

「カリスタ」デニスは黒い目で娘を見つめた。「家を継ぐ立場だとか、そういう事は一切考えなくていい」

デニスの言葉の意味が分からず父を見つめると、デニスは目を伏せながら言った。

「前々から考えていたんだ。お前には、私やフィーネの都合のせいで、しなくてもよい苦労ばかりさせたのではないかと。…………貴族として、爵位を継ぎ、家を守る事は重要な責務だ。だが、そのためにお前個人の思いを踏みにじってきたのではないか、と」

目を見開く。デニスがそんな事を考えていたなど、カリスタは知らなかった。

「……それでもお前以外に家を継ぐ正当な権利を持つ者はいなかったし、ニールも、不安がないわけではなかったがお前との相性自体はそこまで悪くないように思えたから、時間が経てばお前たちも私とフィーネのような関係になっていく事が出来ると思ったんだ。…………そうして彼を、ツァボライトを信じた結果が、これだ」

デニスは乾いた笑いを漏らした。

「そもそも彼は父が選んできた人間の親族なのだから、我々の味方になどならないと最初から分かるはずだったのにな。……私たちがもっと気を配っていれば、お前をこんな目に遭わせる事などなかったというのに……」

「お、とう、さま……」

「…………すまない。余計な事まで聞かせてしまったな」

カリスタは何も言えなかった。

デニスの黒い瞳がカリスタを見つめる。白みたいな髪と、黒らしい要素なんて全くない瞳をしたカリスタが黒い瞳に映り込んでいる。

「カリスタ。私は、お前がエメラルド家に嫁ぐ形の方が、お前のためなのではと思っているんだ。フェリクス君は有望な若者だと、聞いている。そんな人物から望まれるのは、これまでのお前の努力が、他の人間からも認められた結果だろう。……この家にこれ以上縛られて、父や母やヘレンに苦しむ必要はもうないんだ。もう、家や、当主という立場に、拘る必要はないんだ……」

――その後、父になんといって退出したのか、カリスタは覚えていない。

（……どうして）

ぼんやりと、ただ、廊下を歩いていた。自分の部屋を目指しているのか、それすら分からない。

（どうして、今、そんな事を言われるのだろう）

ずっとずっと当主になるために努力をしてきた。今まで散々、家を継ぐ立場だからと、ずっと、そう思って、それだけを考えて生きてきたのだ。

祖父の後は父が継ぎ、その後に父に続く立場になると分かっていたから。父の後を継ぐに相応しいと言われるために、見た目を理由に、これ以上、蔑まされないようにと、ひたすら努力をしてきた。

正直に言えば、色々と疎かにしてしまっていた事もあったと、やっと振り返ったのだ。

……カリスタは、人間関係を良好に築く事を疎かにしていた。もっと気を配っていれば、ニールはヘレンと関係を持たなかったかもしれないし、持っていたとしてももっと早い段階で気が付いて手を打てたのだ。変化に気が付けなかったのはデニスたちだけでない。カリスタだって同じだった。

努力は大事だ。だが後継者としての具体的なあり方や目指し方については、少し考え直さなければと、今回の騒ぎを通じて考えていた。今までの努力に、更に努力を重ねなくてはいけないと考えて……でも、家を継ぐという目的そのものが揺らぐ事はなかった、のに。

(私は、ブラックムーンストーン家の唯一の、娘で、家を継ぐ立場……だった)

その条件は今までずっと、カリスタだけを指していたのに。

(お父様の、後を)

「あっ！」

大きな声が、カリスタの耳に届く。顔を上げると、ヘレンがメイドを連れてそこにいた。

「ヘレ、ン」

「聞いておねえ様っ！　お祭りで酷い目に遭ったのよ、私！　変な人たちがついてこいとか言って来て、私、お祭りを楽しんでるからいやって言ったのに、腕を引っ張ろうとしてきて！　酷いでしょう？　ニール様が助けてくれようとしたけど、一人に複数人でいじめてきて、本当に酷かったのよっ！」

顔を歪めて訴えるヘレンに、彼女が襲われた事を思い出す。

「……聞いたわ。怪我は？　大丈夫なの？」

「強く腕を掴まれたの！　腕が痛いの！」

「お医者様には見せたのよね……？　先生はなんと？」

「お医者様は、数日で痕は消えるって言っていたわ」

　それに安堵するが、他はどうだろうか。体の傷以上に、心の傷は根深い。

「ヘレン。貴女が無事で良かったわ。その……他は大丈夫なの？」

　上手く言葉が出てこなかったが、ヘレンにカリスタの意図は通じたらしい。つまりはカリスタがヘレンの身を案じているという事が。

　その瞬間、どこか苦しそうに顔を歪めていたヘレンは、一転して明るい笑顔になった。あまりの落差に驚いてしまうほどだった。

「ええ、ええ！　もう別に大丈夫！」

　ニコニコと嬉しそうに口角を上げて笑っている義妹からは、襲われた事への怒りも悲しみもなかった。まるで、カリスタから心配の言葉を向けられるためにそう振る舞っていたかのようだ。

　彼女の行動を嘘と見るべきか、それとも自分が望むように周りを動かすための演技と見るか……どちらで考えれば良いのかカリスタには分からなかった。だが演技であったとしても嘘であったとしても……相手の関心を得る、その事にただ喜びを抱いている義妹が、当主になるのを想像してみたら……。

　笑顔で座り、書類を見てもよく分からないと次から次へとめくって捨てる姿が何故か浮かぶ。

あれが欲しいこれが欲しいと、買い続けるだろう。そして何かある度、周りからの注目を求めて暴れるのだ――。

「じゃあね、おねえ様」

ご機嫌に去ろうとしたヘレンを、カリスタは呼び止めた。

「ねえヘレン。家を継いで、どうするの?」

その質問は考えるよりも先に口から出ていた。当主となったその後の事を義妹がどう考えているのか……それを聞いてみたかった。ただ、それだけだった。

ヘレンは突然の話題転換に驚いたのか、元々大きな目を、長いまつ毛を揺らしながらぱちぱちと瞬いた。

マンダリンの瞳は透き通るように美しく、まるで、この目の持ち主が善良な人間だと言わんばかりである。

ヘレンは花が咲くように笑った。

「知らないわ。だって、家の事はニール様とおじい様がするでしょう?」

そこでカリスタと話をするのに飽きたのか、ヘレンは何も言わずにカリスタの横を通り過ぎていく。

……カリスタは、動けなかった。ある意味で、確認するまでもなく答えが分かっている質問だったのに、どうして尋ねたのだろう……そんな後悔をしてしまうぐらいだった。

少し遅れて、カリスタの心に、何かが勢いよく湧き上がる。怒鳴りたくなるような、或いは何かを殴りたくなるような……強い感情に耐えながら、自分の両手を握りしめる。

「……そう、そうなの」

廊下で一人呟く。

分かっていた。ヘレンは自分で何かをするなんて考えない。ただ欲しいと願いを告げるだけ、それだけで周りがそれを叶えてくれる。そう信じている。いや、信じているという言葉すら当てはまらない。そう思っている。それが当然だと。

「ふざけないで」

そんな事が許されるはずがない。許されて良いものか。

貴族学院でカリスタは沢山の人々を見てきた。どうせ嫡男だからとたいして努力しない人も確かにいた。だが大半は、家を継ぐという責任の重さを正しく理解し、必要な事を出来るだけ多く学ぼうと努力していた。フェリクスやカチヤのような、客観的にカリスタより余程立場が恵まれている人々ですら、努力を欠かさなかった。

努力は必ずしも結果に繋がるわけではない。

だが、努力もしない人間がのうのうと結果だけ得るのを、黙って見ているなど出来るはずはなかった。

「お父様！」

少し前までいたデニスの執務室にカリスタはまともな入室の声掛けもせず、ドアを開いて入っていった。執務室の中には先ほどとは違いデニスだけでなく、フィーネもいた。

二人は今まで見た事のない娘の行動に驚いたようで、目を点にして入口の娘を見つめていた。

両親が揃っているとは丁度いい。そう思いながら、カリスタはデニスたちのすぐ傍に近づいていく。

「お父様。私、ヘレンに後継者の座は譲りません」

「……だがカリスタ……」

「私が家を継ぎます！」

カリスタの言葉に躊躇いを持っていたデニスに対して、カリスタはハッキリと言い切った。

「私が家を継ぎます。お父様の次に、この、ブラックムーンストーン家の当主になります」

デニスはカリスタの目を見て、先ほどまでとの違いに気が付いたようで目を丸くした。それから、真剣な面持ちになる。

「ヘレンの事だけでない。これからも、多くの困難があるだろう」

「当主という責任ある立場ならば、それは当然のことと思います」

「私たちの希望を受けてそうしなければと思うのなら、それを考える必要はない」

「お父様たちの事は関係ありません。……いいえ、勿論、お父様の事は尊敬しておりますから、憧れなどがないとは言い難いですが……」

一度言葉を区切り、カリスタはそっと息を整えた。そして父を見つめながら、言った。

「ですがこれは、私の気持ちで、私の決断です」

「そうか。…………そうか」

デニスが目を閉じる。フィーネは夫と娘の答えを、黙って待っている。

「それがお前の決意なら、後押しするのは親の役目だ」

そこからは、まさにとんとん拍子と言うべきだろう。

デニスがエメラルド伯爵家に返事をして、数日後には、カリスタとデニスとフィーネの三人は、王都の伯爵家の屋敷に招待されていた。

ブラックムーンストーン家より遥かに立派な屋敷に少し緊張しつつ、カリスタは両親に続いて案内されるがままに高級そうな絨毯の上を歩く。

執事に案内された先には、物理的な眩しさすら感じる人々がいた。

部屋の中にはフェリクスとカチヤ、そして二人の両親であるエメラルド伯爵夫妻がいた。

幼い頃に何度か見かけた事はあったが、こうしてちゃんと会うのは久しぶりの事もあり、緊張する。記憶の中にあるものより伯爵夫妻は年を取ってはいたが、それが尚の事ボニファーツたちと比べても全く劣らない貫禄を生んでいるように見えた。

エメラルド伯爵の顔立ちはフェリクスと通じる所があり、フェリクスが年を取るとこのようになるのかと思わせる。髪の色と目の色はどちらも深いエメラルドグリーンであり、まさしくエメラルドの名を背負うに相応しいと思える姿である。

伯爵夫人は、子供たちと同じ黄色みのある金色の髪を頭の後ろで括っている。瞳は綺麗なイエローだ。カチヤの勝気な所は母親に似たのだろうと想像させる。

「ようこそ、お久しぶりですな、デニス卿」

「お招きいただきありがとうございます、クラウス卿」

お互いの父がまず挨拶をする。初対面ではないので、どちらかというと会話は穏やかである。

エメラルド一家の対面に、ブラックムーンストーン一家も腰かける。

意図的か、カリスタの正面にいたのはフェリクスだった。視線が合うとフェリクスは笑みを浮かべてきた。それを正面から見つめられず、カリスタは自分の膝を見つめた。

長い話し合いが行われるかと思えば、あっという間に書類が出てきて、サインする事になった。

「では、これにてフェリクスとカリスタ嬢の婚約が相成ったという事で」

こんなに簡単に結ばれるものなのかと少しカリスタは肩透かしを食らったような心地でいた。

「さて。――フェリクス、カリスタ嬢に、庭を見せてくるといい」

「分かりました。……さあ行こう」

エメラルド卿の言葉にフェリクスは頷いて、それから立ち上がるとカリスタに向かって手を出してくる。

婚約者同士で二人きりにされる機会もあるかもしれないとは思っていたが、想定よりも急展開だった。硬直しそうになりながら、カリスタはそっと視線でカチヤへと助けを求めた。

視線を受けたカチヤは笑みを浮かべながら、まるで気が付いてないですとばかりに顔をそらされた。

カリスタはカチコチになりながら、差し出されていた手に、自分の手を重ねた。

そのままフェリクスにエスコートされていく。彼の腕に自分の腕を絡ませているせいで、酷く距離が近い。

伝わってくるフェリクスの体温を意識していると、自分の体が酷く熱を持ってしまったようだった。

気を紛らわせるため、カリスタは横のフェリクスを見上げて声をかける。何か話をして意識を変えようと思ったのだけれど、結果的にこれは悪手だった。

「え、エメラルド様……」

「フェリクス」

「……えっ？」

「婚約したんだ。フェリクスと呼んでくれ。…………カリスタ」

これまでも敬称をつけられていたものの、ずっと名前で呼ばれていた。それが、ただ呼び捨てにされただけなのに、カリスタの胸は大きく跳ねた。

「フェッ」

言葉に詰まりそうになりながら、なんとか絞り出す。

「フェリクス、さ、様……」

「ああ」

見られているだけで蕩けそうな視線にカリスタは顔をそらす。体中が熱くなり、茹でられているような気すらした。

エメラルド家の屋敷の庭は美しい花々が咲き誇っており、本当に見ごたえがあった。庭の広さも、ブラックムーンストーン家とは比べるまでもない。広い庭の中にはガゼボがあり、二人はそこに腰かけた。

エメラルド家の侍女が注いでくれた紅茶を飲みながら、美しい庭の光景に緊張を解く。フェリクスと離れた事で、やっとカリスタも落ち着けた。

「カリスタ。少し急な提案があるんだが……いいだろうか」

「はい。なんでしょう」

「今度の長期休暇……良ければ、私と一緒にエノルディに行かないか？　お婆様にカリスタを会わせたい」

貴族学院は定期試験が終わると、長期の休暇に入る。カリスタはいつもどこかに出掛ける事もなく屋敷に籠っているが、社交の場に出る者や遠くに出掛けていく者など、長期休暇の過ごし方は様々だ。

フェリクスの祖母……前伯爵夫人は、夫亡き後は息子夫妻に仕事を譲り、領地のエノルディで暮らしているという。婚約を結んだ以上、当然、彼女にもしっかりと挨拶をしておくべきだろう。

「分かりました。お父様とお母様にもお伝えしておきます」

「そうか。それは良かった。お婆様も喜ぶよ」

フェリクスの笑顔にカリスタも釣られて口角が上がる。取り繕ったものでも曖昧に誤魔化しためでもない、自然と出てきたカリスタの笑顔にフェリクスは見とれた後、更に幸せそうに笑みを浮かべるのだった。

「ああ――それと」

突然立ち上がったフェリクスにカリスタも続こうとしたが、片手で制される。体の向きだけは変えながらフェリクスの動きを追うと、彼はガゼボのすぐ横の花壇に身をかがめた。

かがんだのはほんの短い時間の事で、すぐに立ち上がりカリスタの下に戻ってくる。

フェリクスの手には、美しい花々が集められた、花束があった。

「本当は……この前、図書館で君に渡したかったんだ。花に拘りすぎて、あの時は渡せなかったんだが……」

フェリクスはカリスタのすぐ目の前で片膝をついた。

「カリスタ――君を愛している。私のプロポーズを受けてくれて、ありがとう。必ず君を支えていくと誓うよ。……これを、君に」

そう言って、フェリクスは花束をカリスタへと差し出した。

黄色い花が目立つ花束だった。薄い黄色や濃い黄色――きっと、フェリクスの髪色をイメージしたのだろう。その花の中に白や桃色の花が入っていて、明るくて柔らかい日差しのような花束だった。紙に包まれた花束が解けないようにと、橙色のリボンが結ばれていた。

ぱちりと一つ瞬きながら、カリスタはエノルディから王都に帰る前、幼いフェリクスに花を差し出された時の事を思い出す。

今思えば、あの時のカリスタはなんて失礼だったのだろうか。あの時だってフェリクスは本気だった。本気で、カリスタとの結婚を望んでくれたのだ。カリスタはなりきりごっこ遊びの延長か、或いは仲良くした友人と会えなくなる寂しさからフェリクスが焦っていたのだろうくらいにしか思っていなかったけれど。

そっと、カリスタは差し出された花束を受け取った。

「感謝を告げるのは、私の方です。フェリクス様」

胸元に抱き寄せた花束からは甘くてふわふわの匂いがした。

エメラルド伯爵家を辞する時刻になった。フェリクスと庭で会話を楽しんだカリスタは、両親たちより先んじて玄関ホールに戻る事にした。

玄関ホールに入ると、そこにいたのは父母ではなく、カチヤだった。

「カチヤ！」

つい、大き目の声で名前を呼んでしまう。

カチヤは振り返ると兄と同じ色の瞳を優しく細めた。

「カリスタ！　ふふ、先回りは成功したみたいね。折角なら二人で先に話したかったのよ？　でもフェリクスが二人きりになりたそうにしていたから、譲ってあげたの。フェリクスには感謝して欲しいぐらいだわ」

カチヤはそういって、カリスタの後方を見た。フェリクスは玄関ホール中心に移動したカリスタと違い、入口あたりで立ち止まっていた。どうやら二人でゆっくり会話をする時間をくれるようだ。

改めてカチヤと向き合い、カリスタは少し言葉につまった。

「か、カチヤ、その……」

「カリスタ。婚約おめでとう。本当に嬉しいわ！　だって私たち、これで義理の姉妹という事でしょう？　誕生日はカリスタの方が早いから、それだと私が義理の妹という事になるのかしら。……あらそれだと、例の困った子と同じになってしまうわね、あの子と同じというのは少し嫌……だけれど、カリスタと姉妹になれるのなら、些細な事だわ！」

カリスタが口を開くよりも、カチヤが喋る方が早い。

一気にまくしたてられてカリスタは目を白黒させていたが、親友の言葉を聞くうちに胸の中から色々なものがこみあげてきた。

「……ごめんなさい、カチヤ、私、貴女に大変な役目を押し付けたわ……」

フェリクスからの返事を受ければ、自然と次に伯爵家の跡継ぎの役目が回ってくるのはカチヤだ。

カチヤは優秀だし、元々後継者教育も受けていたのだから、そういう意味では特に困る事もないだろう。

だが、気持ちの問題としてはどうだろう。

カチヤはおしゃれと人の噂が大好きな伯爵令嬢だった。フェリクスという優秀な兄を持ち、当主という大きな責任とは関係ない所にずっといたはずだ。

カリスタ自身は、ヘレンの姿を見て、自分で決意したのだ。当主になると。

だがカチヤは違う。カリスタの選択のせいで、彼女の道を勝手に狭めてしまった。

「貴女に相談もなく、わたっ」

喋っている途中で、カチヤの人差し指がカリスタの唇に当てられた。

「カリスタ。謝罪なんて必要ないわ」

「っ、でも……」

「本当に嬉しく思っているのよ。何せ、愚兄の長年の恋心がやっと叶ったのですもの！」

カチヤは晴れ晴れとした顔で笑った。

「カリスタは知らないものね。でも妹として、もう、本当に、カリスタがエノルディから王都に帰った後のフェリクスったらうるさ……見ていられなかったわ」

カチヤは演技がかったため息をつく。煩かったという本音が思い切り漏れている。

「当主の役目だって、むしろ嬉しいのよ。今までは勉強をしても、他家に嫁ぐ身だからと実務を見せてはもらえなかったの。当主になるのだからと、お父様が次の長期休暇には、仕事を直接見せてくださると約束してくださったのよ！　楽しみで仕方ないわっ」

カチヤの目が輝いている。本物の宝石のように、キラキラとしていて、彼女が慰めではなく本気でそう思っているのが伝わってきた。

「カリスタには感謝ばかりよ。お互いに学院を卒業しても結婚しても、ずっとお友達でいましょ

う」

「……ええ、ずっと友達よ」

二人はそっとお互いの手を握り合った。

カチヤに出会えてよかったと、カリスタは心の底から思ったのだった。

第七粒　エノルディ

定期試験は無事に終了した。成績が明らかになるのは少し後だ。基本的に、生徒たちの家に直接封書が届く形で成績は判明する。

貴族学院は試験の終了を喜ぶ学生で溢れていた。試験を好む人間は少ない。大半が、早く終わって欲しいと思っている。中には堂々と「これで暫くは勉強しないですむ」なんて言い放つ者もいる。

普段は屋敷に籠り、成績が届くのを毎日毎日待っていた。しかし今年は長期休暇に入ると同時に、用事がある。エメラルド伯爵領への訪問だ。

その準備で荷物を詰めていたカリスタだったが、婚約が成された事をデニスがボニファーツに報告した時の事を思い出し、ため息をついた。


ボニファーツは自分の意見をはじき出し、デニスの一存でカリスタが新たに婚約を結んだ事に大層ご立腹であった。最近のブラックムーンストーン子爵家ではよく見かける父息子の言葉での争いが、再び屋敷を揺らすかと誰もが身構えたものの、流石にデニスから出てきた婚約相手の名前を聞いて黙り込んだ。

やはりエメラルド伯爵家という名前の持つ力はすごい。あの祖父をこうも簡単に黙らせられるとは思わなかった。

しかし一旦は引き下がったとはいえ、ボニファーツはここ数日、明らかに不満げである。表情が和らぐのはヘレンに話しかけられた時ぐらいだ。

そのヘレンはというと、カリスタが新しい婚約を結んだと聞いて何か騒ぐかと思ったが「へえそうなの」という反応だけだった。

少し安心したと同時に、義妹がもっと分からなくなる。

ヘレンは自分が欲しいと思ったものは絶対に手に入れるまで騒ぎ通すが、必ずしも全てを欲するわけではないというのは、カリスタの部屋に残っている本から分かっていた。ただその線引きは本当にヘレンのさじ加減一つなので、ニールよりもフェリクスの方が良いとなる可能性も当然あった……というか、そちらの可能性の方が高いと思っていた。

何せ世間的に言えば、ニールに対してフェリクスは全ての面で勝っていた。実家の力、背の高さ、顔立ち、成績、性格、全てにおいてニールよりフェリクスの方が優れていると多くの人間が認めるだろう。だからヘレンもフェリクスを欲しがるのではないか、というのが一つの懸念だったわけだが……。

(私が思っていたよりもずっと、ヘレンはニール様の事が好きなのかもしれない)

夕食も取り終わり、周りはとっくに夜の闇に包まれている。

カリスタはメイドが届けてくれなかった洗濯の終わった服を手に廊下を歩いていた。

最近、こういう些細な嫌がらせに度々遭う。恐らくヘレンに好意的な使用人が自主的にしているのだろう。……祖父や祖母の命令の可能性も多少はあるが、そこまでは思いたくない。

カリスタは服の枚数がそう多くないので――勿論、原因はカリスタの物を欲しがるヘレンだ――旅の準備をするとなると、しっかりと服を洗ってもらわなくてはならない。貴族令嬢としては少しよろしくないが、新品であればあるほどヘレンが欲しがり出す可能性が高い事もあり、手元に残った物は出来る限り使い続けるようにしているのだ。

「――――」

女の声が聞こえる。真っ暗な廊下で一人それを耳にした時は少し心臓が震えたが、よくよく聞くと、どうにもその声は祖母コローナの声のようだった。時々、違う声も聞こえるので誰かと会話をしているようだ。

その声の方に歩いて行ったのは不純な感情故ではなく、単純にカリスタが部屋に帰るまでの通り道だったせいである。

近づくと、どうやらコローナと、長年コローナに付いている侍女が談話室《サロン》で会話をしているらしい。談話室《サロン》の入口のドアが少し開いていたために声が廊下に漏れていたのだ。

それだけならば気が付かないふりをして一度は通り過ぎた。しかしコローナの言葉に、動きを止めて、引き返してしまった。

「忌々しい女だわ、コーリー………！」

コーリー。誰の名前だろう。カリスタは最初そう思ったが、考えているうちに、それがヘレンの実の祖母の名前だと思い出す。ボニファーツの血の繋がらない妹で、彼との間に疑惑があった人だ。

ヘレンにボニファーツの血が流れているのかどうか……その真実が分かるのではないか。何せコローナにとっては夫の義妹なのだから、父が言っていた噂について、詳しく事情を知っているはずだ。

談話室《サロン》の中を覗き込む。都合よくコローナも侍女も入口に背中を向けており、カリスタに覗き込まれている事には気が付いていなさそうであった。

聞かれているとも知らず、コローナは侍女相手に愚痴を吐く。

「生きている間にも旦那様の寵愛を得ていたというのに、死んだ後も、旦那様はコーリーの事ばかり……！」

それは憎悪に濡れた女の声で、自分に向かって言われたわけでもないのにカリスタはぶるりと震えてしまった。祖母はいつも祖父の横で大人しく、ニコニコとしていて、そんな嫉妬……では収まり切らないような、ぐつぐつに黒く煮詰めた感情を心の中に持っているとは思ってもみなかった。

「嫁いでやっと出て行ったと思ったのに！　夫が死んだからとすぐに出戻ってきて……あんな黒い髪の子供を抱いて、堂々と！　あの恥知らず！」

コローナは手に持っていたらしいワイングラスを振りかぶった。そしてそれを、床に向かって投げた。バリンという音がしてワイングラスは哀れな姿で床に散らばった。

ぜえ、はあ、コローナの荒い呼吸音だけが談話室《サロン》に響く。

「旦那様はいつもいつもいつもいつもエルシーの事ばかり……どうしてデニスを褒めないのよ。あれだけ旦那様に似た息子を私は産んだのに、どうして！　コーリーもエルシーももうとっくに死んだのに……あんな孫娘を遺していくなんて……！」

続いた言葉はもう人の言葉にはなっていなかった。キーキーと形容するしかない喚き声の合間に、侍女に対して新しいワインを求めている。談話室《サロン》の中にはワイングラスもワインも準備してあったようで、侍女は新しくワインをグラスに注いで、コローナに渡した。

……その後もコローナは一人、愚痴を吐いていく。酔っているせいか同じ話を何度も繰り返したり、或いは突然話が過去や未来にいったりきたりと支離滅裂だ。ただ根気よく耳を傾け続けると、どうやらあの噂の真相はこういう事らしい。

兄妹とはいえ、ボニファーツとヘレンの実祖母コーリーは血がつながっていない。それでもコーリーは正式に養子縁組をして書面上はボニファーツの妹となっていたため、二人は結婚する事は出来ない。もしするのなら一度養子縁組を解消し……と手順を踏む必要があった。

しかしそういう手順を踏むこともないまま、そしてコローナがボニファーツと結婚する前から二人は男女の関係にあった。だが二人の関係性を知らなかったのだろう前ブラックムーンストーン子爵――カリスタにとっては曾祖父にあたるボニファーツの父――は当然の事として、コーリーを嫁に出した。

これで忌々しい夫の愛人を見なくてすむとコローナは思ったのに、コーリーは嫁いでから一年も経たずに帰ってきた。腕に、黒い髪の娘エルシーを抱いて。

コーリーはコローナたちに赤子の事を数か月前に生まれたばかりだと紹介した。赤子は、声を出して笑っていた。

もしその赤子がコーリーと彼女の夫の子供であれば、妊娠から出産までかかる月日を考えても、生まれたばかりのはずだ。生後数か月……ならばあの赤子はコーリーとその夫の子供ではない。嫁ぐ前にボニファーツとの間に作った子供なのだ。

それを裏付けるように、ボニファーツも既に生まれていた実子のデニスよりも、コーリーの子供であるエルシーばかりを可愛がった。

エルシーが自分の子供であるという事を隠そうともしないボニファーツのあからさまな態度。それのせいで使用人の間にもエルシーはボニファーツとコーリーの子供なのだと言うものが現れた。そしてコローナは夫に裏切られた哀れな妻としての視線を受けた……。

コローナは数度、コーリーに問いただしたのだという。けれどコーリーは一貫して否定した。まあ、血がつながっていないとしても兄であるボニファーツと不貞を働き、夫との間に出来た子供だと偽っているとなれば、肯定出来るはずもないが……。


(――ヘレンは本当に、お爺様の孫娘だったの……!)

コーリーはボニファーツが今でも愛している最愛の人で、最愛の人との間に出来た血筋の子供を跡継ぎにしたい……ボニファーツはそのために行動しているのだ。その理由の方がボニファーツの無理矢理な動きを理解出来たので、カリスタは祖母の言葉を信じた。

（ヘレンの血筋が明らかになれば、私が血筋で優位性を主張するわけにはいかないわ）

カリスタがヘレンより後継者として優位な点は色々あるが、第一に、ブラックムーンストーンの血を引く娘という点があった。これはこの国の法律にも照らして、最も強いカードだ。

だがヘレンもブラックムーンストーンの血を引く娘だとすれば……その証明さえ出来てしまえば、不義の子だとしても、カリスタと同じスタート地点に立ってしまう。他の部分で負けるつもりはサラサラないが、自分の優位性が一つ消えるというのは、大きな問題であった。

一つ吹っ切れたと思えば、新しい悩みが出来る。だがこの問題はデニスがどうにかしてくれる事ではなく、カリスタ自身が後継者候補として向き合わなくてはならない事だ。その事を記憶に留めつつ、だがそれはそれとして、今大事なのは義理の家族との顔合わせである。


「カリスタ！　待っていたよ」

数日ぶりにフェリクスと顔を合わせた。差し出された手に自分の手を重ねて、カリスタは馬車から降りる。長時間馬車に乗っていたので、臀部《でんぶ》がどうにも痛い。

王都にあるエメラルド伯爵家の屋敷も十分に広く立派だったが、領地であるエノルディの屋敷はそれの数倍は大きく立派だ。幼い頃も何度か訪れていた場所ではあるが、あの頃はそこまで屋敷の事は考えていなかった。

玄関ホールはそこだけで小さなダンスパーティーが開けそうなほどだった。立派なシャンデリアがつけられており、フェリクスに手を引かれてカリスタが入ると、そこに並んでいた使用人たちが笑顔で頭を下げてくる。

「いらっしゃいませ、カリスタ様」

ブラックムーンストーン家にも使用人はおれど、これほどの数はいないしここまでの教育もされていない。大勢に出迎えられると、それだけで少し、足が後ろに下がりそうになる。しかしカリスタは耐えて、なんて事ない顔でフェリクスの隣を歩く。

フェリクスに連れていかれたのは応接間だった。昼を食べるには遅すぎて、夜の食事をするには早すぎる。そんな曖昧な時間帯であったので、アフタヌーン・ティーを頂くことになったのだ。

応接間に入ると、そこにその人はいた。

エメラルド伯爵領で暮らすフェリクスやカチヤの祖母、アポロニア・エメラルド。カリスタは顔を合わせるのが初めてなので、緊張するなというのは難しい。

アポロニアは孫息子と共に入ってきたカリスタに気が付くと、笑みを浮かべた。

「若人の大切な時間を、この老婆に割いてくださり、どうもありがとう。この屋敷の主として、歓迎いたしますわ」

息子であるフェリクスの父よりも柔らかい緑の髪と瞳の老女は、まずそう言った。

ほんの少しの所作も優雅さが感じられる。手本にすべき、貴族夫人そのもののようだ。

見惚れてしまいそうになった自分を制し、カリスタは礼をする。

「カリスタ・ブラックムーンストーンと申します。此度は、御令孫であるフェリクス・エメラルド様と婚約を結ぶことと相成りました。どうぞよろしくお願いいたします」

「アポロニア・エメラルドよ。……ふふ、そう硬くならないで。もう家の仕事だって殆どしていないただのおばあちゃんですのよ。さあお座りになって。フェリクスが思い人を連れてくると聞いて、料理人が張り切っておりますの」

カリスタの知っているアフタヌーン・ティーは、アフタヌーン・ティーという名前の別物だったのかもしれない。或いは今目の前で起きている事が、アフタヌーン・ティーという名前が付けられたただの食事なのかもしれない。

そう現実逃避をしてしまいそうなほど、カリスタの目の前には様々なお菓子や軽食が並べられていた。使用人の一人が、カリスタたちの見ている前で紅茶をカップへと注ぐ。

「それにしても、お会い出来て本当に嬉しいわ、カリスタさん。どうぞわたくしの事は、アポロニアと呼んでくださいな」

「こちらこそ、お会い出来て光栄です。アポロニア様」

「フェリクスが急に婚約すると聞いた時は、何が起きたかとも思ったのだけれど……長年の思い人を射止めたと聞いて、わたくし、本当に嬉しく思ったのよ」

「お婆様っ！　余計な事を言わないでください！」

アポロニアの言葉にフェリクスが即座にそう主張した。そっと横のフェリクスを見上げれば、耳や首が少し赤らんでいる。照れているのかもしれない。

昔から好きだったという旨の事は伝えられていたが、どうにもその事は本人の胸の内に秘めたものではなく、周知の内容だったらしい。……なんだか遅れて、カリスタ自身も恥ずかしくなり、顔色を隠すために紅茶を飲んだ。

「そうそう、カリスタさん。折角領地に来てくださったのだから、フェリクスと一緒に領地を見て回ったらどうかと思っているのよ。勿論、貴女が嫌でなければね」

「とても嬉しいです」

「それは良かったわ。そうねえ、どこが良いかしら」

エメラルド伯爵領を見学出来るのならば、是非行きたい所がカリスタにはあった。

「良ければ、鉱山を見てみたいのです」

その言葉にアポロニアは少し驚いたようで、長いまつ毛を震わせながら何度か瞬いてカリスタの顔色を窺っていた。

エメラルド伯爵領の最も有名な特産となれば、それは鉱山から採掘される宝石に違いない。何より、ここにはダイヤモンドが取れる鉱山がある。

王族が家名として使っているダイヤモンドはこの国でも特に尊ばれ、人気の高い宝石である。国内には様々な場所にダイヤモンドを取れる鉱山があるが、エメラルド伯爵領のものは質においてはトップクラスと言われている。度々王家が求めるぐらいだ。

幼い時から知識としてなんとなく知っていたが、そこまで強い興味もなく、見ようとも思っていなかった。

今は違う。この国と宝石は切っても切り離せないが、特にダイヤモンドは格別な宝石であり、その採掘から加工までの工程を、直に見てみたいという思いがあった。

「宝石が見たいのかしら。それならば、宝石の加工場の方がよいわね」

「可能でしたらそちらも見たいですが……宝石がどのような形で掘り起こされているのかも見てみたいのです。フェ、フェ、フェリクス様、と、結婚するのですから、この領地の事を、私はもっとよく知りたいのです」

なんて事ないという風にフェリクスの名前を呼びたかったのに、いざ呼ぼうとしたらどもってしまった。その初心な様子にあえて気が付かないフリをして、アポロニアはフェリクスを見た。

「分かったわ。フェリクス。鉱山に行ってらっしゃい」

「……今からですか？」

「ええ。貴方が直接、管理人に鉱山への入山をお願いしてらっしゃいな。彼らなら、もうすぐ休憩の時間に入るでしょうから、話をする事も出来るでしょう」

「……分かりました。…………カリスタ。今日は中に入れないかもしれないけれど、一緒に行くかい？」

「一緒に行きたいわ」

（……そう言ったのは自分なのだけれど！）

馬車に二人で乗るというのが、どんなものかというのをカリスタはちっとも考えていなかったのだ。

正式に婚約を結んだのが定期試験直前だった事もあり、思い返せば彼と二人きりで過ごしたのは婚約を正式に結んだあの日ぐらい。

何が言いたいかと言えば、周りに人もいない状態で、その上馬車という狭い密室で二人きりになるのは今回が初めてという事だった。

フェリクスに差し出された手に体重をかけて馬車に乗り込むまでは良かったが、いざフェリクスも馬車の中に乗り込んできてドアが閉められてしまうと、二人きりである事を意識してしまいカリスタはまともな会話も出来なくなってしまった。

フェリクスはそんなカリスタの妙な態度を指摘する事なく、あくまでも自然に馬車から見える風景について説明をしてくれる。

窓からは王都では見られない自然豊かな風景を見る事が出来た。見どころは多いのだが……緊張のあまり、フェリクスの解説があまり耳に入ってこなかった。

次第に岩肌が見え始め、多くの人が働いている光景が目につくようになった。人々は馬車の外枠に描かれているエメラルド伯爵の家紋を見て、仕事の手を止めて、馬車に向かって帽子を脱いで頭を下げている。

領地も持たないブラックムーンストーン家で育ってきたカリスタにとっては、領民に領主一族という目で見られるというのは初めての体験で、どんな形で反応するのが正しいか分からなかった。

この山を管理している役人たちがいるという建物に馬車は停まる。突然領主の息子が現れた事に驚いて、慌てて一番偉い人間――鉱山を管理している所長――が外に出てきた。

「ようこそいらっしゃいました。此度はどのような御用事でこちらへ……？」

「婚約者に領地を案内しているのです。仕事を中断させてしまい、申し訳ない」

「いいえいいえ。構いません。どうぞこちらへ……」

傷だらけの木製の板で区切られた小さな空間にカリスタたちは入った。小さなテーブルと、そのサイズに合わない大き目の布張りの椅子が二つ、所員たちによって運ばれてくる。

「しっかりとした応接間がなくて申し訳ありません」

所長は終始申し訳なさそうに頭を下げていた。むしろ、仕事を中断させた上に突然訪れたこちらが悪いのだからとフェリクスは所長を慰めた。

腰かけた椅子はところどころ穴が開いて中に詰められていたらしい綿が飛び出してきている。しかし対面に腰かけている所長は木製の椅子に腰かけている所を見るに、そもそも革が使われた椅子というのが殆どないのだろう。

フェリクスが鉱山の見学について尋ねると、所長は困った顔をしてから、中に行くのは危険すぎるので、と遠回しに断られる。フェリクスから視線を貰ったカリスタは頷いた。可能であれば見てみたかったが、実際に中で行動している人が危険だと言うのならば従うべきだろう。

鉱山の外側の様子であれば、近づかなければいくら眺めても問題ないという。勿論、現場で働く人々と会話をしたりするのも問題ないと。

「本日の所は、この程度しか対応出来ませんで。…………あー」

所長はカリスタを見ながら言いよどむ。そういえば、入ってくる時にあれこれと声をかけられたりと忙しなく、ちゃんとした挨拶が出来ていなかったとそこで気が付く。

「順番が逆転してしまったな……申し訳ない。彼女は私の婚約者で……」

「カリスタ・ブラックムーンストーンと申します」

軽く頭を下げてから顔を上げると、所長は首を傾げていた。

「……なにか？」

カリスタが尋ねると、所長は少し考え込んでいる風の顔になってから、「勘違いなら申し訳ない」と前置きした。

「失礼だが、ご親族にコーリーという名前の女性はおられないでしょうか。貴女から見ると、御祖母様ぐらいの年齢に当たる女性なのですが」

カリスタは息が止まるかと思った。この場で、ヘレンの祖母の名前を聞くとは想像もしていなかった。

「——その女性は、綺麗なマンダリンの髪と目をした方でしょうか」

「ええそうです！」

所長は嬉しそうに頷いた。

コーリーという名前だけならば、沢山いるだろう。マンダリンの髪と目をしている者も沢山いるだろう。

だが、その二つの条件が両方揃い、かつ、大体の年齢まで当たっているとなれば……所長の言う女性は、ボニファァーツと秘密の恋人であったと目されている、ヘレンの祖母で間違いない。

「私の…………大叔母に当たる方かもしれません。美しいマンダリン色の髪と目をしていらっしゃったので……。ご存じなのですか」

大叔母……つまり祖父の兄弟というわけで、そこの関係性からフェリクスも所長の言うコーリーが、ヘレンの祖母かもしれないという事実に気が付いたようだ。

「こんな事があるとは！」

もうすっかり所長の言うコーリーとカリスタの言うコーリーが同一人物だと確信したという口調で、所長は楽し気に教えてくれた。その様子から、彼がコーリーに悪い印象は持っていなかったという事が窺える。

「私の先輩の、妻だった方なのですよ！　……とはいえこちらに嫁いでこられてからそう経たず、あの不幸な出来事がありましたから、すぐに実家に帰って行かれてしまいましたが……」

カリスタはハッとする。

カリスタはコーリーがよそに嫁いで、一年も経たずに戻ってきたという事は知っていた。しかし嫁ぎ先の家名も、嫁いだ後どこで生活していたのかも、何も知らないのだ。

この土地に来ていたのなら、もしかすれば、コーリーが本当にボニファァーツと関係を持っていたのかどうかも、ヘレンの母エルシーがボニファァーツの血を継いでいるのかどうかも、調べられるのではないか……そんな期待がカリスタの胸に生まれる。

（ヘレンが本当に、お爺様とコーリー大叔母様の孫なのかが分かるかもしれない……！）

「よろしければコーリー大叔母様とその旦那様について、ご存じな事をお教えいただけないでしょうか。私のまた従妹はコーリー大叔母様の孫娘に当たるのですが、自分の祖父について何も知らないのです」

「それは可哀想な事で。……ですが、申し訳ない。先ほど確かに先輩とは言いましたが、個人として親しかったわけではないのです。年も違いましたし」

「何でもよいのです。覚えている事をお教えいただければ……」

カリスタが少し身を乗り出しながら尋ねると、所長は顎に指を当てながら昔を懐かしんだ。

「コーリーさんは本当に美しい人で、その上性格も良くて、当時ここにいた人間は皆、先輩を羨ましがったり幸せ者だな等と言って茶化したりしていました。本当に素敵な奥さんを貰ったとよく話したものです。あとは……そうですね。先輩のような方が、よそから奥方を貰うというのは、当時は珍しかったです」

「何故でしょうか」

「先輩はよそからこの土地に、職を求めてやってきた人でした。そういう人々は土地に馴染むために、その土地の女性を娶る事が多かったのですよ。……二人とも、この土地に親族がいなかった事もありまして、先輩が急に倒れた時は、頼れる人もおらず大変だったでしょう。勿論我々も、同僚として手助けはしましたが、我々が出来る事はたかが知れていますからね。葬式が終わった後に実家に戻ったとだけ聞いたのです」

どうやらコーリーは美しさとその後の悲劇から、所長の記憶に残っていたらしかった。だとしても戻ったという実家の家名まで覚えていたのはかなりの幸運と言えた。普通であれば、忘れてしまう情報だろう。

義実家側も、自分の側も、頼る事が出来ない中で夫が突然亡くなる。……コーリーはどれほど辛かっただろうかとカリスタは思った。

「その、コーリー夫人の夫の死因は？」

「病気だったようです。とはいえ、それらしい持病持ちだったわけではなかったのですが……現場に指示を出しに行っていた時に、本当に突然、倒れたとだけ聞いています」

他にいくつか、コーリーの夫との思い出を聞かせてはくれたものの、どれもエルシーの出生の秘密からは遠いものだった。

そして、これぐらいだろうかと話が締めくくられる。カリスタは気落ちした。知らない事は多かったし、その点ではとても有難い情報であった。ただやはり、知りたかったのはエルシーが生まれた時の事である。

そこで黙り込んだカリスタを見た所長が、慌てた様子で言う。彼は領主子息の婚約者の機嫌を損ねてしまったと思い込み、やや焦っていた。

「えぇと、ああ、病院！　病院に行かれてみたらどうですか。この鉱山で働いている人の奥さんは殆どそこで出産しているのです、確か先輩が亡くなる少し前にお子さんが生まれていたと思いますよ、そこなら少しはコーリーさんのお話も出てくるでしょう」

いつの間にか話が見学の話から、コーリーの話になってしまった。鉱山の事についてより詳しくなりたいというのは嘘ではないが、このような事を聞いてはもうカリスタもコーリーの事ばかりが気になってしまう。

段々と夕食の時間が近づいてくる。そろそろお暇しようというフェリクスの言葉を合図に、一同は立ち上がった。

所長はコーリーの夫について、何か資料にしろ記憶にしろ、覚えがある人間がいるか調べてみるとカリスタに言ってくれた。もしかすれば、カリスタの雰囲気から、この話が重要な事だと勘づいたのかもしれないが、深入りはされなかった。

鉱山から屋敷へと帰る馬車の中、フェリクスはカリスタに口を開く。

「カリスタ。急にヘレン嬢の祖母について質問し始めたのはどうしてだ？」

カリスタはそういえば、フェリクスにヘレンの血筋の疑惑についてちゃんと伝えていなかったと思い当たり、簡単にヘレンにまつわる噂について説明した。

噂だけならば多少眉を顰めるぐらいですんだのだが――何せ血がつながっていないとはいえ兄妹が関係を持っていたという話だ。気持ちの良い話ではない。

「成程。……確かに、情報はかみ合う。……ヘレン嬢がブラックムーンストーンの血を引いているとなると、少し面倒になってしまうのは確かだな」

「はい」

「分かった。明日はその病院に行こう。鉱山には、所長に用事が入ったと連絡しておく」

「………申し訳ありません、フェリクス様」

カリスタは恥じ入ったような小さな声で続ける。

「……私が、鉱山を見たいと申し出たにもかかわらず、自分の都合ばかりを優先してしまいました。その上、今日だけでなく明日までも、などと……」

「そんな事か。カリスタ。君の義妹に関する問題は今、最も重要な事の一つだろう」

フェリクスは膝の上で強く握られているカリスタの手を、自分の手で優しく包んだ。

「これは君の問題じゃない。君と俺の問題だ。解決するために手伝うのは、当然の事だ」

フェリクスは優しく微笑んだ。

第八粒 古い記憶

屋敷に帰った後、カリスタは侍女たちによってエノルディ滞在中に泊まる部屋へと案内された。

……カリスタからすれば、まるでお姫様のための部屋だと思うような、立派な部屋だった。カリスタが持ってきた荷物も全て運ばれている。

部屋の中で椅子に腰かけて今日あった事を頭の中で反芻《はんすう》していると、ドアがノックされた。侍女が入室を望んでいる時の合図だ。

許可すれば、四人の侍女がそれぞれ物を抱えて入ってきた。何事かと思えば、代表して前に出た侍女が目的を教えてくれた。

「カリスタ様。お着替えをお持ちいたしました」

「えっ」

着替えの服は持ちこんでいる。そう伝えようと思ったが、次の侍女の言葉でカリスタは黙った。

「アポロニア様より、是非袖を通して欲しいとの事でございます」

この屋敷の主人であるアポロニアからの厚意を断るなど、出来るはずもない。カリスタは驚きを隠しつつ頷いた。頷いたものの、そこで侍女たちが見せてきた服に、今度こそ驚きを隠せなかった。

緑のワンピースだ。

一目見て素敵なワンピースだとカリスタは思った。だが、ただただ喜べるほどカリスタも幼くはない。

ワンピースには胸元からスカートの裾まで、全体が細かな刺繍《ししゅう》が施されている。下に向かうほど刺繍の糸が色濃い緑になっており、グラデーションのようになっている。それから、袖や襟元にはふんだんにレースがつけられていた。

刺繍は針を入れる範囲が広ければ広いほど、時間と手間暇がかかる大変な作業である。そのため、服に施された刺繍が多ければ多いほど手間がかかった高級品と見なされて人気を集めている。その事を考えれば、一体このワンピースにどれほどの手間がかけられているか。カリスタは考えただけでも意識が飛んでしまいそうだった。

そんなカリスタを、四人の侍女が囲う。

領地もない子爵家の娘とはいえ、貴族は貴族。普段カリスタが一人で着替える事はない。だから他人に着替えさせられる事自体は構わなかったが、四人の人間に囲まれて服を着替えた経験はなかった。

カリスタはあっという間に服を脱がされ、肌着姿で身支度をされた。

一人目の侍女はカリスタの足にマッサージを施し始める。

二人目の侍女はカリスタの顔を温いお湯に浸した布で拭い、それから化粧を施し始める。

三人目の侍女はカリスタの髪の毛を梳きながら、こう言った。

「綺麗な色ですわ」

本心かどうかはともかく、黒くない髪を褒められたのは、少し嬉しかった。

化粧の土台が終わった所で、四人目の侍女が指示を出し、四人がかりでカリスタにワンピースを着せた。

ワンピースに実際に袖を通した後、カリスタは鏡に映る自分を見つめていた。最初は刺繍に目を取られていたが、鏡で全体を見た時にすぐに目についたのは刺繍ではなく、丁度鎖骨と鎖骨の中間あたりに縫い付けられている小ぶりのエメラルドだった。四角い形のエメラルドは緑のワンピースに縫い付けられているためにあまり目立たないが、それがむしろ品の良さを醸し出している。

見とれていたが、侍女たちにまた椅子へと戻される。そして本格的に化粧と髪結いが始まった。化粧をされている間に、あっという間に髪の毛が纏められていく。後頭部の上の方で括られているのは感覚で分かった。それから、何か飾りを取り付けられたのも。

それが何であったかは、鏡を使って髪型を見せられた時に分かった。エメラルドを使った髪飾りだった。

(分不相応ではないかしら……)

そんな事を思ってしまった時、丁度フェリクスがカリスタを迎えにやってきた。

「カリスタ。入っても?」

「は、はい……」

侍女たちはドアが開いた時には全員、カリスタの後ろに綺麗に並んでいた。動きが速い。

入室してきたフェリクスは、白いシャツに緑色のズボンを穿いていた。襟元の布の量がカリスタのワンピースと同じく、多い。白いシャツの右胸のあたりにも小ぶりのエメラルドが縫い付けられている。

外行き用の恰好ではないフェリクスを見るのは幼い頃以来だと思った。

フェリクスはカリスタの恰好を見ると、目を丸くする。

「その服……」

「アポロニア様が、ご用意してくださったそうで」

「成程。…………成程」

フェリクスは口元を手で覆いながら、顔をそらす。

(似合わない、かしら)

じんわりと、心に冷たいものが広がる。カリスタは俯いた。

「カリスタ」

少ししてから優しい声で名前を呼ばれ、ゆっくりと顔を上げればフェリクスは微笑んでいた。

「似合っている」

「あ……り、がとう、ございます」

向けられていた微笑みと言葉を聞いた途端、先ほどまで感じていた冷たさが、一瞬で消え去ってしまった。

「食堂に行こう。案内するよ」

彼の手に自分の手を重ねるのにも、少しずつだが慣れてきた。

食堂へと入っていくと、既にアポロニアはそこにいた。待たせてしまったと内心焦ったカリスタだったが、アポロニアは連れ添うフェリクスとカリスタを見て、両手を合わせて、嬉し気に笑う。

「まあ、まあ。やはり似合っているわ」

「お婆様」

「うふふ」

アポロニアは少女のように微笑んだ。

「季節ではないけれど。恋人同士なのだから着せたかったの」

意味が分からないでいるカリスタに、アポロニアは種明かしをした。

「エノルディは秋に一年の豊作を感謝する祭りをするのよ」

「その時にエメラルド色の服を着るんだ。男はズボン、女性はワンピースが多いな。……更に加えて、恋人同士や夫婦は服を揃えたり、対にする」

フェリクスは襟元と、袖のひらひらを揺らした。

カリスタのワンピースは全身が緑色、フェリクスのシャツは白色だったので気が付かなかったが、意匠《デザイン》が似ていると言われればそうだ。袖や襟にはレースがふんだんにつけられていて、胸元付近に縫い付けられているエメラルドも、どちらも四角い形にカットされている。

「何より、君が今着ているワンピースの刺繍のデザインは、我が家の人間しか着る事を許されな

いものだ」

カリスタは一度瞬いてから言葉の意味を理解して、アポロニアを見つめた。アポロニアは優しく、微笑んでいた。

途端、ほんの少しの恥ずかしさと、喜びが胸に溢れた。突如決まったフェリクスの婚約者であるカリスタを、アポロニアは本当に歓迎してくれていたのだ。……家族の一人だと、認めてくれたのだ。

だらしない表情を晒しそうになって俯けば、フェリクスとアポロニアが少し慌てたような様子になった。彼らに誤解をさせたくないと、カリスタは顔を上げ、アポロニアに礼をする。

「……とても……とても素敵な贈り物を、ありがとうございます」

「喜んでもらえたのなら、わたくしも嬉しいわ」


晩餐は三人の人間が食べるものとは思えないほどに豪華だった。料理人たちがかなり力を入れたそうで、とても食べきれない。

知っている料理でも、使われている食材などで違いが出る。それを楽しみながら、知らないものはフェリクスに尋ねて食事の時間を楽しんだ。

ただ、その合間合間にアポロニアがニコニコと、フェリクスとカリスタが結ばれた経緯を聞きたがるのには困った。どこからどう説明すれば良いか分からなかった。フェリクスは「それは二人だけの秘密です」と隠してくれたので良かったのだが、それを聞いたアポロニアは孫の顔を見ながら「ならフェリクス、貴方から見た彼女の事を教えて頂戴な」と言ったものだから、大変な事となった。

「カリスタは何より、努力家です。よく、本を抱えて歩いているのですが、本を落とさないように真剣な表情をして歩いているのがとても可愛らしい。それから、自分のためというのは勿論、誰かのためにという思いを持って行動も出来る。誰かが困っていればそれを助ける事だって、厭わないのです。そんな美しい心根も愛おしい」

勉強に関しては努力している自覚があるのでいいのだが、そこから先はもう聞いていられない。しかもアポロニアはフェリクスの言葉にタイミングよく「それで？　それから？」と合いの手を入れてしまうので、フェリクスの口は止まらなくなってしまった。横でカリスタが顔を赤くして固まっているのにも気がつかないまま、惚気《のろけ》が止まらない止まらない。

カリスタに出来るのは、早く食事の時間が終わる事を祈りながら、料理を口に運ぶだけだった。


やっとの事で終わった食事の時間。

語り足りないとばかりにうずうずするフェリクスと俯いて小さく震えるカリスタの若い二人を見て、アポロニアもその場に居合わせた使用人たちも、誰も彼もが優しい目で彼らが廊下に消えるのを見送った。

廊下に出て、やっと顔の熱が引いたと思った所でカリスタはフェリクスを呼んだ。

「フェリクス様。もう、先ほどのような事はしないでくださいませ」

「？　先ほど？」

「先ほど、アポロニア様に色々語ったような事です。あ、あんな、あんな事……恥ずかしいです。あのように無理して語る必要もありませんわ」

「無理などしてない」

フェリクスは立ち止まり、まっすぐカリスタを見つめた。

「全て本心だ。ただ心から思っている事を言っただけだ」

「や、やたらとかわいいとか、言っていましたよ！　あのようなリップサービスは不要でっ──」

「カリスタは可愛い」

ぱくぱくと、音の出ない口を開閉するカリスタの頬をフェリクスはそっと撫でる。

「君以上に可愛らしい人を、俺は見た事がない」

次の瞬間、カリスタは淑女らしい行動だとか考える事も忘れて、逃げ出した。叫ばなかったのが、淑女としての唯一の抵抗だった。

割り当てられている部屋は覚えているので、まっすぐ部屋に駆け戻り、部屋に入る。ドアを背にして、ずるずると力が抜けてしゃがみ込む。

首元まで真っ赤に染まり、目はどこを見ているのか、自分でも分からなかった。

〝可愛い〟という言葉も〝愛らしい〟という言葉も、ずっとヘレンのために使われる言葉だった。

勿論両親はカリスタに可愛いと言ってくれたけれど、それは二人がカリスタの両親だからそう思うのだと思っていた。それを証明するように、二人以外の人から言われた事はちっともない。

何とか深呼吸をする。ヘレンとの関係でどうにもならないほどに心がかき乱された時は、そうして気持ちを落ち着けていた。だから今回もそうしようとした。

「……っ～！」

無理だった。


次の日、朝食の時間を知らせるためにフェリクスはカリスタの部屋を訪れた。朝から使用人によって身支度を整えられていたカリスタであったが、一か所、どうにも隠し切れない所があった。

「カリスタっ、何かあったのか？」

フェリクスは少し焦ったように声を上げて、それからカリスタの目元に手を伸ばす。カリスタの目の下には隈がくっきり出来ていた。

昨夜、まともに眠れなかったのだ。

自分へと伸びてきた手で昨夜の事を思い出し、カリスタは慌てて距離を取る。

「さ、先に食堂に参ります！」

既に場所は覚えているので、迷いはしない。そう思いながら飛び出したカリスタの背後で、フェリクスはポカンとしていた。

とてもではないが、フェリクスの顔を見る事も難しく、朝食の間もカリスタは横に視線をやらないように必死だった。フェリクスは何故視線を合わせてもらえないのかと不安げに、何度もカリスタを見つめている。

そんな若者たちを、アポロニアはニコニコと微笑んで見守っている。

しかしそうやって距離を取った所で、今日はフェリクスと馬車で二人きりになるのは避けようがない。

昨日話題に上がった、病院に二人で行くのだから、二人きりでの移動になるのは当然だ。

「カリスタ……体調が悪いのなら、やはり屋敷で休んだ方が……」

「い、いえ、必要ありません、ありませんからっ」

カリスタは必死にそう言う。そして何度か深呼吸をしてから、フェリクスを見た。

婚約者は心配そうに眉尻を下げながらカリスタを見つめている。その顔は、どこか、昔を思い出した。

幼い頃。あの屋敷の庭や談話室《サロン》で、フェリクスやカチヤとよく遊んだ。

その頃のフェリクスと、今のフェリクスが重なって……昔とは全然違うと分かった。

少し丸い頬はスッとして、骨格からもう変わっている。

昨夜も、その前も、自分に触れてきた手を見る。幼い頃に差し出された手と比べて、大きくなり、骨ばっている。

ただ、まっすぐ、フェリクスを見る。

フェリクスはとっくに成長を済ませて、カリスタなんかより体格が良い。今までだってずっと見上げていたのだから、そんな事、知っていた。けれど分かっていなかった。

フェリクスは男だ。

それを、本当に今、今更、理解してしまった。

カリスタの顔はあっという間にゆで上がり、頭から煙が出そうなほどである。フェリクスは顔が赤くなった婚約者に、やはり体調が悪いのではないかと心配してくる。そうして声をかけられたり、手を伸ばされると余計にカリスタはゆだってしまうのであった。


病院に到着する頃にやっと顔中の赤みが引いた。

しかしやっと引いたというのに、馬車を降りる時にまたフェリクスに至近距離で手を差し出された事で、また熱くなってくる。

顔の赤みを引くためにカリスタはその場で頭を何度か振った。

病院は思ったより大きかった。小さなお屋敷という見た目である。

聞くと、病人や関係者の家族が暮らしているらしい。

フェリクスは昨日の時点で連絡を送っていたらしく、二人は簡単に院長の下へと案内された。

席に着いたと同時に、院長は申し訳ないという顔をしたので、話の前からよくない結果は見て取れた。

年取った看護師らしき老女がお茶を淹れてカリスタたちに配っている横で、院長は話し始めた。

「昨日フェリクス様からお手紙をいただき調べたのですが、私がここで働き始めたのは十五年ほど前でして……二十年以上前の事は存じ上げないのです。我が院では患者の情報を紙に記して纏めているのですが、劣化の問題もあり、保管は二十年程度という決まりがあり……それより前の資料は、状態が良かったとしても捨てられてしまっているのです」

確かに、二十年使わなかった患者の資料を改めて使うという事も早々ないだろう。

仕方ないのだが、ここが一番エルシーの出生について情報を得られる可能性の高い場所だった事もあり、何も発見が出来ない事に落胆してしまう。

フェリクスがそれを励ますように寄り添ってくれるが、うまく取り繕えない。

(……ヘレンの事は噂でしかないのだからと、考えない方が良いのかしら)

ジュラエル王国は血統を重んじるが、それでも正統な嫡子と庶子には天と地の差があるのだから、万が一ヘレンがボニファーツの実の孫でも、堂々としていればいいはずだ。何より……義理とはいえ兄妹で関係を持っていたなんて、外聞が悪すぎる。

もしボニファーツが、本当に一切の外聞などを気にしないと言うのならば……ヘレンを次期当主にすると言い出した時点で、自分の血を引いていると明らかにすればいいのだ。それをしないという事はそれを言えばボニファーツもヘレンも白い目で見られると思っているのだろう。そして、そのような立場になりたくないと考えている。

……まあその結果、全く成り立たない論理で無理矢理ヘレンを当主の座につけようとしているので、どちらにせよ外聞は良くないと思うのだが。

カリスタたちの様子を見ていた老看護師は、お茶を配り終えると、院長の顔を見た。

「アッシャーさんでしたらご存じなのでは?」

「……確かに！　有り得るかもしれない」

新しい人物の登場にカリスタたちが正面を見ると、院長は説明してくれた。

「ジェフ・アッシャーという医者がいるのです。長年この病院に勤めていた人物で、引退して少し経ちますがまだ存命です。確実に、二十数年前もここにいたと言い切れる人ですよ。引退後に家族と暮らすためにこの土地を離れる人もそれなりにいますが、アッシャーさんでしたら家族が全員ここに暮らしていますから、すぐに会う事も出来ると思います」

横の老看護師が補足する。

「アッシャーさんでしたら、きっと教会にいらっしゃいますよ。ここから西に行った所にある教会です。お分かりでしょうか」

「はい、分かります」とフェリクスが頷いた。

「以前お会いした時に、昼間はそちらにいる事が多いと仰っていましたから。教会で会えなかったら家を訪ねてみてください。地図をご用意しますね」

老看護師は親切にも教会の位置と、アッシャー家の位置を記した簡易的な地図を描いてくれた。鉱山と教会、アッシャー家の位置関係からしても、教会にまず寄り、そこでアッシャーに会えなければアッシャー家に行くのがよさそうである。

一つの希望を得て、二人はまた馬車に乗り込んだ。

教会は、鉱山らしい景色が大分減り、周囲に緑が戻ってくるぐらい西に走るとあった。徒歩ならば遠いが、馬車のお陰で特に困るほどの距離ではない。

教会の入口上部には、女の形をした精霊を模した石造りの像と半月型の窓があった。その下を潜り中に入ると、すぐに礼拝堂が広がっていた。広い教会にはホールがあり、その更に奥に礼拝堂が用意されている事が多いのだが、この教会はそこまで大きくないためだろう。

礼拝堂の中は静かだった。人の姿は殆どない。

朝や夜の祈りの時間ではないので、昼間にいるのは時間のある人間ぐらいなものだ。

突然入ってきた若い二人組を不思議がったシスターが、奥から現れる。

「どうなされましたか。何か御用でしょうか」

「突然申し訳ない。私はフェリクス・エメラルド。ジェフ・アッシャーという方に用があり、病院の院長らに此処を案内されたのです」

「まあそうでしたのね」

フェリクスの家名と病院の院長らの名前を出した事もあり、シスターはあっさりと警戒を解いた。

「アッシャーさんでしたら、あちらの方ですわ。左の列の、三番目に腰かけておられます」

そちらに視線をやると、確かに老人が一人座っている。

早速近づこうとする二人にシスターは一つ注意をした。

「アッシャーさんは目が見えていませんので、まずお声がけからお願いします」

フェリクスとカリスタはそれにしっかり頷いてから、アッシャーの下へと寄った。

「失礼。ジェフ・アッシャーさんだろうか」

「はい。なんでしょう」

顔を上げたアッシャーの目はフェリクスと合う事はなく、どこか分からない場所を見つめている。目が見えていないというのは本当のようだ。フェリクスの声に聞き覚えがないからか、顔には少しの不安が浮かんでいる。

「私はフェリクス・エメラルドという」

「エメ……りょ、領主様の御子息様⁉」

当たり前であるが、名前による衝撃はすごかったらしい。アッシャーは少しのけ反り、バランスを崩しそうになったのを椅子の背を掴んで耐えていた。

「ご、御子息様がわたしのような老人に、何の御用でしょうか……？」

「そう畏まらないで欲しい。……実は私の婚約者の大叔母が、昔この土地にいた可能性があって、彼女について知りたいのです」

「な、なるほど……ですがわたしも、もう、年で……あまり昔の記憶には自信がないのです。お役に立てるかどうか……」

「問題ない。……カリスタ」

「初めまして、アッシャーさん。私はカリスタ・ブラックムーンストーンと申します。私の大叔母は……結婚後の家名は存じ上げないのですが、コーリーという名前の方です」

コーリー。そう名前を上げただけであったが、アッシャーの雰囲気が変わる。

「コーリー…………もしやその方は、美しいマンダリンの髪と目をしておりませんか？」

「ええ、ええそうです。覚えておられますか」

「ええ、忘れられませんとも！　彼女は…………それから、彼女の御息女はお元気にされているのでしょうか」

アッシャーの言葉に、カリスタは少しだけ言葉に詰まった。

「……大叔母も、娘のエルシーおば様も、実は事故でもう亡くなっているのです」

「そう、ですか…………お二人とも、もう……」

アッシャーはカリスタの言葉に肩を落とす。

「……はい。ただ、エルシーおば様には、娘がおります。ヘレンといいまして、私のまた従妹に当たるのですが……」

「そうなのですか？　ああ……御息女は健康に育たれたのですね。良かった。……カリスタ様。良ければ、ヘレン様にお渡しして欲しいものがあるのです。私が覚えている限りのコーリー様のお話をお伝えしますので、どうか渡していただけないでしょうか……」

「お預かりしますよ」

カリスタはすぐに頷いた。

アッシャーはそれに安堵して、思い出話を語りだした。

「私が初めてコーリー様にお会いしたのは、妊娠初期の頃でございます。体調が少しすぐれないという事で病院を訪れられて、妊娠が分かったのです。ご夫婦そろって頼れる親族がこの土地におらず、日中、コーリー様を一人にさせてしまう事を不安がった夫君からコーリー様を病院で寝泊まりさせて欲しいと頼まれまして、当時の院長はそれを許可されました。最初の頃こそ、コーリー様がこの土地の人間ではないという事もあり距離を置いている人もいましたが……彼女の人柄もあり、すぐに周りの人々に愛されるようになりました。それからは順調にお腹の子も育っていたのですが、ある時彼女の状態は急変したのです」

アッシャーは昔を懐かしむように、斜め上を見ながら言う。

「本来であれば、子供は母親の腹の中で十か月程度の時間を過ごすのですが……コーリー様は、かなり早い時期に産気づいてしまったのです。かなりの早産でした。出産の際は、コーリー様ご自身も、産み落とされた御息女も生死を彷徨われたのです。…………その後、コーリー様はなんとか持ち直されたのですが、御息女の方は何度も息が止まったりと、あと一歩で死んでしまうという状態になりました」

カリスタは口元に手を当てる。想像し、漏れ出そうになった悲鳴を抑えたのだ。

何より、早産……しかも多少ではなく、かなりの。一つの考えが、カリスタの脳裏に過る。

「正直、助からないと思っていた人間ばかりでした……コーリー様も、夫君も、わたしも、あの赤ん坊が生き延びれるようにと、毎日必死でした。…………ですが奇跡的に、御息女は命を落とす事なく、次第に体調も落ち着いてこられ、家族三人で無事に退院していったのです」

アッシャーはそこで言葉を止める。数度、大きく息を吸っては吐いた。

「ここから先は、直接見たわけではありません。退院されて少ししてから、夫君が亡くなったと聞きました。親族のいないコーリー様を心配する病院の人間も多く、手助けに向かう女性も多かったのです。……葬式を終えた後、コーリー様は娘を抱きかかえて呆然としていたと、聞きました。そんな彼女の下に実家の使用人を名乗る人物が現れて、次の日には彼女はこの土地を去ったと……わたしが知る限りのコーリー様のご事情は、以上になります」

アッシャーの話を最後まで聞いた後、カリスタは確認しなくてはならない点を尋ねる。

「アッシャーさん。失礼ですが……具体的に、どのくらい早産だったか覚えておられますか」

「確か、出産予定とされていた時期より、四か月以上早かったと思いますが……そのあたりは、資料を見ない事にはなんとも……」

それはそうだ。酷い早産で産まれた赤ん坊が死にかけた事もあり記憶に残っていたようだが、細かい情報までは覚えていなくても仕方がない。

赤子は母親の腹でおおよそ十か月近く育てられるという。ということはヘレンの母親が生まれたのは、嫁いでから半年程度経った頃だろう。

「病院の資料は既に破棄されているようなのです。何かしら、アッシャーさんの手元に残っている資料などはございませんか?」

出来れば、コーリーが酷い早産でエルシーを産み落としたという証拠が欲しい。話を聞いたというだけでは、現在ある〝ヘレンがボニファーツの血を引く疑惑〟と同じような話でしかないからだ。

アッシャーはカリスタの問いに、首を振った。

「申し訳ありません。仕事に関する書類は病院から持ちだせない規則なのです。写しもありませんし…………うぅん、昔の事は日記に書いてもいたのですが……この通り視力がなくなってしまってからは書いてもおりませんし、子供家族と暮らす事になった時に私物を多く処分してしまっていて……」

それは仕方がない。

申し訳ないと縮こまるアッシャーに、カリスタとフェリクスは情報を教えてくれた感謝を改めて述べた。それから、暫くはエメラルド伯爵家に滞在しているので、ヘレン宛の荷物は屋敷に届けて欲しいと伝え、教会を出る。

アッシャーから離れた所で、カリスタとフェリクスは話し始めた。

「一般的な出産より四か月以上早く産んでいたのならば、ヘレン嬢の母君が本当に子爵の子供かどうかは怪しくなる」

「はい」

フェリクスの言葉にカリスタは頷く。それはまさに、思っていた事だった。

「確か、ヘレン嬢の祖母は嫁いでから一年程度で出戻ってきたのだったか」

「ええ。具体的な日数は聞いていないのですが……その時に抱いていた赤子を、お婆様は、お爺様との子供だと信じた。赤子が、生後数か月とヘレンのお婆様がおっしゃったからです。……ヘレンのお婆様はおおよそ十か月ほどで……いえ、妊娠する事を考えると、十一か月位で戻ってきたという事でしょうか」

「もう一度、具体的な日数の洗い直しは必要だな」

「ですがもし、ヘレンのお母様がお爺様の娘なら……アッシャーさんの発言と矛盾しているのでは、と思うのです」

ヘレンの祖母は、ブラックムーンストーン家に戻ってきた時に産まれてそれなりの月日が経った赤子を抱いていた。コローナはそれゆえに、その赤子をボニファーツとの間に出来た不義の子だと考えた。

その前提で考えると、アッシャーの言う早産とは噛み合わないと思うのだ。

だが結局のところ、カリスタも妊娠出産に関する知識はまだ正確に抑えていない。妊娠から出産までの細かい過程を含めて、もう一度知識を確認する必要もあるだろう。

コローナが赤ん坊を見てボニファーツの子供と判断していたのと同じように、カリスタとフェリクスも〝ヘレンがボニファーツの血を引いていない事〟を期待しながら調べている。これでは曖昧な情報は、全て自分に都合よく解釈してしまう。

教会の外へと二人が出ると、中からアッシャーとシスターも出てきた。わざわざ見送りに来てくれた二人に再度礼を伝えて、カリスタはフェリクスの手を支えにしながら馬車に乗り込む。

そしてフェリクスも乗り込もうとしたその時、甲高い馬のいななきが響き渡った。

「何だ?」

一瞬、カリスタたちが乗り込んできた馬車を曳いていた二頭の馬のどちらかが鳴いたのかと思った。しかしどうやら違うらしい。

シスターが鳴き声の原因を探るために走っていく。アッシャーは、目が見えていない事もあり、何があったのだろうかとオロオロしていた。

馬のいななきの次に上がったのは、シスターの悲鳴だった。女性特有の高い悲鳴が響いた後、不穏な叫び声が聞こえてきた。

「ひ、人が‼」

フェリクスは顔を険しくする。

「少し待っていてくれ」

カリスタにそう声をかけて、フェリクスは乗りかけていた馬車から降りた。カリスタは指示通り、大人しく馬車に腰かけてフェリクスの戻りを待っていた。

馬車からシスターたちの方へと移動したフェリクスは何が起こっているのかを確認しようとして――背後でパシンパシンッと鞭が振るわれる音が鳴った事に気が付いて慌てて振り返る。

ゆっくりと、馬車が動き出した時、誰もが驚いた。

「デイヴ、おいデイヴ！　何してる！」

フェリクスは驚いて、自分が乗っていないにもかかわらず動き出した馬車を操る馭者の名を呼んだ。しかし馭者台に乗った人間は何一つ反応せず、そのまま馬をけしかける。ドアが開いたままの馬車は、フェリクスたちの制止も聞かずに、少しずつ速度を上げ始める。

「デイヴ！」

「んーー‼」

怒りを込めてフェリクスが怒鳴った時、背後から人間の唸り声が上がる。フェリクスが振り返ると、教会の厩にいた馬たちが突然鳴いた原因が目に入る。上半身が裸の男は縛られているようだったが地面を蹴って体勢を変えて、首をひねって必死にフェリクスを見上げていた。唸り声だったのは、口を布で塞がれているせいだ。その姿を見たフェリクスは叫ぶ。

「デイヴ⁉」

駅者台にいるはずのデイヴがここにいる。ならば今駅者台にいるのはデイヴではない——それを理解した瞬間、フェリクスは走り出した。

本物が倒れているという事は、あの馬車を操っている駅者が偽者という事に他ならない。つまりどこの誰か分からない人物が、カリスタの乗った馬車を動かそうとしているのだ。

馬車は動き始めは速度が遅い。だがデイヴの事で混乱し、判断が遅れてしまったのは致命的だった。フェリクスはシスターが驚くほど速く走ったが、馬車が教会の敷地を飛び出して速度を上げていくのを止める事は出来なかった。

このまま走っても追いつく事はないとフェリクスは分かっている。敷地のすぐ外まで出たところでフェリクスは踵を返した。

「馬を！」

シスターに向かって叫べば、シスターは慌てて一頭の馬を自由にした。その背にフェリクスは飛び乗る。

「すまないが、少し借りるぞ！」

殆ど言い捨てで、フェリクスは裸馬に飛び乗り、馬車を追いかけて教会を飛び出した。

大人しく馬車の中にいただけのカリスタは、フェリクスたち以上に状況が分かっていなかった。フェリクスがまだ乗っていないのに馬車が動き出した事に驚き、駁者台に向かってその事を伝えたのに、返事はない。

何かがおかしい。カリスタがそう気が付いた時には馬車は速度を上げ、飛び降りるなど出来そうにもなくなっていた。

その上教会の敷地を出て以降、馬車はまっすぐ走っていなかった。左右に大きく揺れながら走るため、開きっ放しのドアはガタンガタンと音を立てて閉まったり開いたりを繰り返している。

通常では経験する事がない事態に、カリスタは恐怖から動く事など出来なくなっていた。

「カリスタッ！」

外からかすかにフェリクスの声がして、カリスタは未だに動き続けているドアの方から外を見る。

震えながら車内を這うようにしてゆっくりと移動して外を見ると、馬にまたがったフェリクスが追いかけてくる所が見えた。

「そのまま！　動かずにいるんだ！　俺が必ず助けるから！」

カリスタは大きく頷いた。何度も何度も頷いた。

フェリクスが乗っていた馬は、速度を上げる。

教会から借りてきた馬は、速く走らせる訓練などされていない馬だった。普段はパカラパカラとゆっくり人を乗せて走っているだけの馬である。

しかし、人間一人を乗せただけの馬と、馬車と人間二人分の重さを曳いている馬たちでは、全速力を出せば前者が勝る。

駅者のフリをしていた男は首だけ伸ばして後ろを振り返り、舌打ちをした。フェリクスが追いかけてくる可能性は考えていたが、ここまで早く追いつかれるとは思っていなかったのだ。

仕方なしに馬に鞭を打ちもっと速く走らせようとするが、馬たちは嫌がった。二頭の歩幅が合わなくなり、そして左右に大きくぶれた。馬車のバランスが大きく崩れる。片側に体重が偏り、軽い側の車輪が少し浮いた。

フェリクスはそれを避けながら馬車の斜め前まで走る。バランスを立て直そうとしている駅者を横目で確認し、片足を馬の背中に置いた。

駅者が斜め前のフェリクスに気が付いた次の瞬間には、フェリクスは馬の背を蹴り、馬車の駅者台へと飛び移った。その勢いのまま、不審者を思い切り蹴とばした。

「ぎゃあっ！」

そんな無茶をするとは想定していない駅者……に扮していた不審者は、汚い声を上げ、駅者台から落ちて行った。

駅者台に着地したフェリクスは馬の手綱を強く握り、馬たちを落ち着かせる。

「落ち着け、止まれ、ゆっくりでいい、そうだぞゆっくりでいい、止まるんだ……」

フェリクスの気持ちは馬に伝わったようで、それから十数メートル減速しながら進み、馬車は停まった。完全に停止したあと馬たちにその場で待機するよう指示を出して、フェリクスは馭者台を飛び降りて馬車の中へと急ぐ。

「カリスタ！　怪我はっ」

カリスタは馬車の中、椅子と椅子の間に蹲っていた。そしてフェリクスの顔を見た瞬間、両目が勢いよく潤み、ボロボロと涙が零れだす。

「ふぇ、りくす、さ、ま」

それを慰めるべく馬車の中に片足を入れたフェリクスは、遠くで人が走る音を聞き視線をそちらにやった。馬車を無理やり走らせた不審者は馬車から蹴落とされても自力で起き上がれたらしく、必死こいて走っている。

ほんの一瞬、彼を追いかけるかどうか悩んだものの、フェリクスには今目の前で恐怖で涙を流しているカリスタを放置するなど出来なかった。犯人の容姿を出来る限り記憶して、フェリクスはカリスタを抱き抱える。

馬車は走って追いかけてきた馭者に託し、フェリクスはカリスタを抱きかかえて馬にまたがり、一足先にエメラルド家の屋敷へと戻った。

伯爵家は上から下まで大騒ぎになった。エメラルド伯爵家に仕えている騎士たちが即座に馬にまたがり、犯人を捜索するべく現場へと移動していく。

フェリクスはカリスタをずっと抱きかかえたまま屋敷の中を移動していた。

彼女が泊まっている部屋に入り、ベッドへと下ろした。密室で二人きりにならないように、すぐ後ろには着替えを用意してきた侍女も付き添っている。

今の恰好のままでは気が休まらないだろう。そう考え、彼女が着替える間部屋の外に出ようとしたフェリクスの腕を、カリスタの手が掴んだ。

「部屋のすぐ外にいる。着替えが終わったらすぐに戻ってくる」

そうフェリクスに声をかけられても、カリスタの手は離れない。

「………ぁ、あ……」

カリスタの視線は自分の手とフェリクスの顔を行ったり来たりしていて、混乱しているらしいという事がすぐ分かった。

「フェリクス様。室外ではなく、仕切りをご用意いたしますので、そちらでお待ちいただく事は可能でしょうか」

カリスタの様子から侍女がそう申し出ると、フェリクスは少し迷った後、小さく頷いた。

「分かった」

その言葉を聞いた時、やっとフェリクスの腕からカリスタの手が離れる。

侍女たちにより仕切りが用意され、フェリクスはそこで着替えを待った。

一方カリスタは、震える自分の体を心の中で叱責する。こんな風にフェリクスに迷惑をかけたくなかった。

「終わりました」

侍女の一言でフェリクスが仕切りの向こう側から顔を出す。

「カリスタ」

「……ご迷惑をお掛けして申し訳ありません、フェリクス様」

出来る限り声が震えないようにしながら、カリスタはそう答える。フェリクスは強く首を振った。

「君が謝る必要なんてない」

フェリクスはそう言ってから、一気に距離を詰めるとカリスタの体を抱きしめた。突然の接触に、カリスタの心臓は大きく跳ねる。

「ふぇ、フェリクス様っ！」

フェリクスの肩越しにであるが、こちらを見る侍女たちの視線が温かくなるのが気恥ずかしい。顔に勢いよく熱が集まるのを感じながら、慌ててフェリクスの腕から逃れようとするが、背中にしっかりと回った腕はカリスタを離すつもりはなさそうだった。

侍女たちはカリスタたちを二人きりにしないようにしつつ、二人の邪魔をするつもりもないようで距離を取っている。

「フェリクス様」

再度名前を呼ぶと、フェリクスは少し頭を動かす。それに合わせて頬と彼の髪が擦れるのが擽《くすぐ》ったい。

「……すまなかった」

フェリクスはカリスタの肩に自分の顔を埋めるようにしながら、呟くようにして言った。

「君の身を危険にさらしてしまった……」

「フェリクス様が助けてくださったではありませんか」

そう伝えるが、フェリクスには慰めにならなかったらしい。

「デイヴとの付き合いは長いんだ。それなのに、馭者台に腰かけているのが彼ではないと気が付きもしなかった。その後だって、異変が起きたからと君を一人にしてしまった。そのせいで怖い思いをさせた」

「フェリクス様。止めてください」

カリスタはそっと、自分からもフェリクスの背中に腕を伸ばす。

「馭者が入れ替わっている事には私とて気が付きませんでした。それに、あの場で馭者が入れ替わるなどどうして想像出来るのですか。私を一人にしたと言いますが、むしろあの状況では、既の方に危険がある可能性が高かったではありませんか。フェリクス様の行動は当然です」

少しだけ、言葉を区切る。フェリクスの背中に回している自分の手が、まだ微かに震えている事をカリスタはちゃんと認識していた。

「確かに――恐ろしい目には、あってしまいました。でも、フェリクス様は助けに来てくださいましたわ」

馬車の中にいた時、確かに生まれて初めて死を明確に意識した。心の中には恐怖、怯えなどが駆け巡っていた。だがそれも長くは続かなかった。フェリクスが本当にすぐに、追いかけてきてくれたからだ。

「ありがとうございます。フェリクス様」

「ああ……」

婚約者たちは暫くの間、相手の無事を喜び抱きしめあっていた。


領地内で起きた、領主の息子とその婚約者を狙ったと思われる襲撃事件は高い士気で捜査された。連絡が入った時点で鳩が飛ばされ、主に逃げた方角を含む領境では出入りする人間が検査され、現場を確認した騎士たちによる捜索が昼夜問わず行われた。

その甲斐もあり、五日後にカリスタを襲った男は捕まった。

捕獲の一報を聞いたアポロニアはフェリクスとカリスタの下へ赴き、こう言った。

「犯人への尋問は、エメラルド伯爵家が請け負うわ。構わないかしら」

「はい。勿論です」

「ありがとう。伯爵家の名に懸けて、真犯人含め、しっかりと調査をするから安心して頂戴ね。それから……本音を言えば、もう少しゆっくり過ごして欲しかったのだけれど、このような事があった以上このままエノルディに居続けることも子爵家としては喜ばしくない事でしょう。親御さんのためにも、予定は繰り上げましょうね」

「はい」

早馬でカリスタが襲われた事はデニスとフィーネにのみ伝えられていて、二人からはカリスタの事を心配する手紙がすぐ届いた。

結局、領地をゆったりと見て回る事が出来なかったのは残念だが、仕方ない。

「……そうは言っても馬で移動するにもエノルディは王都まで距離があるわ。貴女が馬車に乗れるようになってから王都に戻れるよう手配をするつもりです」

「ご迷惑をおかけします」

出来ればすぐに帰って両親を安心させるべきなのだが、まだカリスタが馬車に乗り込める状態ではない。日常的にはなんら問題ないのだが、馬車に乗り込もうとすると足が震えてしまうのだ。

少し無理をして馬車に乗り込もうとしたカリスタだったが、ほんの少しの変化に目ざとく気が付いたフェリクスによって馬車から抱き下ろされてしまったのだ。

その事はアポロニアにも既に伝えられている。落ち着いて馬車に乗れるようになってから帰る、というのは今考えられる最善である。

カリスタの謝罪を聞いたアポロニアはゆっくりを首を横に振る。

「早く馬車に乗れるようにならなくてはならないと焦って無理をしてはいけないわ。良いわね？」

アポロニアの言葉に、カリスタは少し涙ぐみながらも頷いた。

第九粒　一方その頃

ヘレン・ブラックムーンストーンは、実の両親の事は覚えていない。実母も実父も、ヘレンを置いて死んでしまった。

両親の死後、ヘレンは〝おねえ様〟が暮らす屋敷に越してきた。

最初の頃ヘレンは本当に、ただ幸せだった。

だってヘレンの願いは、何でも叶った。

あれが食べたい。

これが食べたい。

これは食べたくない。

これはいらない。

〝おじい様〟と〝おばあ様〟は、ヘレンを愛してくれた。そして願いを叶えてくれた。だからヘレンは二人が好きだ。

〝おじい様〟は「お前の両親がしたかった事をしているんだ」と言った事がある。よく分からないが、つまり死んでしまった両親は、〝おじい様〟たちのようにヘレンを愛してくれるはずだったのだろう。

そう考えたヘレンは、両親が死んでしまったという事も大して気にしなかった。だって両親がしてくれるはずだった事は、〝おじい様〟たちがしてくれるのだ。だから何だってかまわなかった。

死んだ両親に替わって〝新しい両親〟になった〝おとう様〟たちは〝おじい様〟たちとちがってどっちも意地悪で、全然ヘレンを甘やかしてくれない。何かにつけて、いつもヘレンを叱ろうとする。だからヘレンは彼らが好きでなかった。

そうして〝おとう様〟たちからは距離を取っていたヘレンだったが、ある時カリスタおねえ様と〝おとう様〟たちが酷く幸せそうに話しているのを見た。

「お父様。見てください」

「ん……おお、刺繍か。上手いじゃないかカリスタ」

カリスタが〝おかあ様〟に習って刺したという刺繍を見て、〝おとう様〟は目元を和らげる。カリスタの頭を撫でる。カリスタは褒められてうれしそうに笑みを浮かべる。〝おかあ様〟はそれらを見て、慈愛に満ちた表情でカリスタを抱きしめる。

そんな風に笑えるのなら、そんな風に愛でられるのなら、どうしてヘレンを愛でないのだ！

ヘレンは憤慨し、その場で〝おとう様〟たちの下へ行ってヘレンも褒めるように言った。だが二人は結局、ヘレンを褒めなかった。ノックもせず部屋に入ってきたヘレンを叱った。

やっぱり嫌いだ！　ヘレンは思った。

だが嫌いでも、ヘレンの近くにいるのだから、一番に愛するべきはヘレンである。ヘレンを愛するべきである。だってヘレンは可愛くて愛される子だから。

そう思ってヘレンは度々〝おとう様〟たちに会いに行ったが、彼らはいつも同じような事を言う。令嬢としての教育を受けなさい、家庭教師を困らせてはいけない、我が儘は少しずつ控えなくてはならない。

なんて酷い大人だろう。ヘレンを愛でないなんて！　ヘレンを撫でないなんて！　ヘレンの願いを叶えないなんて！

それに比べて、カリスタはヘレンの願いを聞いてくれる良き〝おねえ様〟であった。


――次第に、ヘレンは自分が満たされない事に気が付いた。

〝おじい様〟たちはヘレンの欲しいものをくれる。だがそれをいくら得ても、全然心は満足しない。むしろ、お腹がもっと空いてしまうような、そんな感覚すらしていた。

（どうしたらいいのかしら）

生まれてこの方、満たされる人生ばかり送っていた。だからヘレンは自然と、心を満たしたいと思うようになっていた。

前にもましてヘレンは物を欲しがるようになった。

何だってよかった。ヘレンの気持ちを埋めてくれるのなら。おじい様が買い与えてくれるものでも、おばあ様からのお褒めの言葉でも。……でもそのうち、彼らがくれる物はほんの少しだけヘレンを満たしても、すぐにお腹が空いてしまうと気が付いてしまった。

「〝おとう様〟。〝おかあ様〟。あたらしいくつがほしいです。くつをかってくださいな」

この二人からの愛を貰えれば、埋まるかもしれない。そんな思いからヘレンは行動したのだが、二人は相変わらずヘレンが望む物をくれはしなかった。

「ヘレン。今月だけでいくつの靴を買ってもらっている？　どこかに出掛けるでもないのに、あまり贅沢を覚えてはいけない」

二人が殊更ヘレンに厳しかったのは、〝おじい様〟と〝おばあ様〟がヘレンに甘すぎたせいだったのだが、そんな事ヘレンは知らない。関係ない！

一度断られても欲しい欲しいと主張して泣いたけれど、〝おとう様〟たちはついぞ靴を買ってはくれなかった。最終的に、〝おじい様〟が買ってくれた。新しい靴を手に入れて、ヘレンは思った。

これではない。

祖父は何でも買い与えてくれたのに、でも駄目なのだ。お腹が空く。胸が埋まらない。寂しい。悲しい。苦しい。辛い。ぐるぐるとヘレンの中に渦巻く感情が何か、ヘレンには分からない。

そんなある日、転機が訪れる。

ヘレンの目の前でカリスタが、〝おじい様〟たちから服を貰った。カリスタは本当に幸せそうに、幸福の絶頂にいるという風に、その服を抱きしめていた。

最初は、いつもの通り強請っただけだった。だがその服をカリスタが投げ捨てて、〝おかあ様〟が〝おじい様〟に歯向かっているのを見ながら……ヘレンは思った。

これだ。

カリスタは泣いていた。〝おかあ様〟に抱きしめられながら、それでも悔しいと泣いていた。

これだ。これだ！

ヘレンは感動した。感じていた空腹のような感覚が、なくなっていた。ドレスを抱きしめる。

これだ！

そこからは転がるようにカリスタの物を奪って行った。カリスタから手に入れる度、大切な物を取り返したような気持ちになった。

とはいえ全ての物が欲しくなったわけではない。ヘレンが大嫌いな勉強に関わるようなものは、別に欲しくもないから求めなかった。そうしたら次第にカリスタの部屋はヘレンが好きではないものしかなくなっていった。着る服はシンプルなものばかり。専属で世話をする侍女もいない。部屋に入っても、本棚には小難しい文字の並んだ本か、異様に太い置物のような本しかない。

それだけカリスタから奪っても、ヘレンは満足しなかった。仕方ない。だって人間はいくら食べても、そのうちまたお腹が空く。ヘレンのコレはお腹が空くのと同じようなものだから、いくら食べても食べても、また空腹になってしまうのだ。

……そしてある時、ヘレンは出会った。ニールに。

ニールはカリスタの婚約者だった。婚約者というのは、将来的に結婚して夫婦になる人の事らしい。

ヘレンの知る夫婦は、〝おじい様〟たちと〝おとう様〟たちだった。どちらもパートナーの事は大事にしていたように思うが、特に〝おとう様〟と〝おかあ様〟は仲睦まじい。

たぶん、きっと、カリスタはニールとそうなるのだろう。

欲しい！

ニールをカリスタから奪うのは、とても簡単だった。

ヘレンが近づくとニールはあっという間にヘレンの虜になった。そうしている間に、ヘレン自身、ニールの事が好きになった。ニールはカリスタではなくヘレンを見てくれる。他の誰とも違って、ヘレンだけを見てくれる。そう思えたから。

結婚は、好きな者同士がするものだ。だからヘレンはニールとカリスタの婚約を解消するようおじい様に強請った。そしてその願いは叶い、ヘレンはニールと婚約を結んだ。

その後もヘレンは幸せだった。

カリスタはヘレンを見て難しい顔をして黙り込む事が増えた。そんなカリスタを見ると、満足出来た。

ニールと正式に婚約してから少しして、嫌な定期試験が終わり――教授には何か言われたが

──素敵な長期休暇が始まった。そういえばカリスタに新しい婚約者が出来たとか言っていたけれど、幸せだったヘレンはまともに聞いてはいなかった。

長期休暇というのは初めてだが、どこかに遠出をしたり、誰かと出掛けたりと、沢山楽しい事が出来る期間だと学院の友人たちは言っていた。ニールも、折角婚約をしたのだから色々と出掛けようと約束をしてくれた。


最初は良かった。友人と楽しく遊んだり、ニールとデートを重ねたり。

だがある店にヘレンが入りたいと言った時から、何かがおかしくなった。

その店が目に入ったのはたまたまだったが、素敵な服が外から見えて、欲しくなってしまった。大きくなるにつれてカリスタの物ばかり欲しがるようになったが、それ以外の物が素敵に見えないというわけではない。

服に近づこうとしたヘレンを、慌ててニールは引っ張る。

「ヘレン。ドレスを見たいのなら別の店にしよう。あそこは……」

「どうして？　わたし、あそこに行きたいの！」

ニールにそんな事を言われる理由が分からずヘレンが数度訴える。ニールは結局は折れて店に入ってくれたが、店に入った後もずっとヘレンではなく周りを見つめてばかり。

店の中には数人の女性店員がおり、もしかすればヘレンではなく女性店員に視線を取られているのかもしれない。そう考えると腹が立って仕方なく、何度も大きな声でニールの名前を呼んだ。

その度にニールはヘレンを見てはくれるが、すぐに周りを見て何度も頭を下げる。

ヘレンの知らないところで誰かと話をしているらしく、それも気にいらない。

ただそれを除けば、店の中の洋服はどれも素敵で素晴らしい。

「ニール様っ、これが欲しいわ！」

他の店に出掛けた時と同じように、ヘレンは一つの靴を指さしながらそう言った。いつもならばニールはこう言うと、「いいよヘレン。買ってあげる」と言ってくれるのだが、この日は違った。

「は、は？　待ってくれヘレン、そんな事出来る訳ないだろう！」

ニールはヘレンの耳元に口を寄せて、そんな事を言ったのだ。

そんな事――買う事が出来ない。

ニールの言わんとしている事を理解した瞬間、ヘレンは大きく目を見開いて叫ぶ。

「どうしてっ？　どうして買ってくれないの！」

ヘレンの声は大きく、店内に響き渡った。

ヘレンはニールに謝って欲しかった。酷い事を言ってしまってごめんと言って欲しかった。そしてヘレンが欲しいと思った靴を買って欲しかった。

だが顔色を悪くさせたニールは周囲に視線を走らせたかと思うと、ヘレンの腕をつかんだ。

「帰るぞっ」

「いや！」

ニールがヘレンを引き摺ろうとする。しかしヘレンは足を踏ん張ってそれに抵抗した。

「我が儘言うなっ。どうしてっ。こんなっ。ほら、別の店でなら買ってやるから……」

「いやっ、いや！　わたしこれが欲しい、欲しいの！」

そう何度も訴えたがニールは買ってくれない上に、ヘレンを無理矢理店の外まで連れ出した。

そのまま店が見えなくなるまで移動して初めて手を放される。

「はぁ、はぁ、ここまで来れば……あのなヘレン。あそこは――」

言葉は最後まで聞かなかった。パシンという音が王都の空に響く。

周囲を歩いていた人々の幾人かが、何事かと視線を向けてきたが、ヘレンは気にしなかった。

「最低っ！　ニール様のばかっ！　あれが欲しかったのに！」

ヘレンはそう泣き喚き、そのままニールを置いて屋敷に帰って、大声で泣いた。ボニファーツがヘレンの異変に気が付いて何があったかと尋ねてくれたので、ヘレンは全てを打ち明けた。

ボニファーツは怒り、すぐさまニールが暮らしている彼の本家に抗議の手紙を送ってくれた。

ニールからはすぐに謝罪の手紙が来た。

ヘレンは許してあげる条件として、あの欲しかった靴を持ってきてと返した。

そしたらなんと、それきり返信がないのだ！

有り得ない信じられないとヘレンはボニファーツやコローナには一通りニールの話を愚痴として吐き出したが、それでもヘレンの気持ちは収まらなかった。だからもっと話したいとヘレンは考えていた。

次にそのような話を伝えるのは、基本的には義姉であるカリスタだ。

義姉はたまに言い返してくるが、それでもいつもヘレンの話を聞いてくれるのだ。今回も、いつもみたいに愚痴を聞いてもらわなくてはならない。

ただ、そのカリスタは現在、屋敷にはいない。

姿が見えないなと思いそれを問えば、義父であるデニスは呆れたような目でヘレンを見ながら言った。

「婚約者殿の家族に挨拶に向かった。事前に話していたが？」

「こんやくしゃ？」

まるで知らない言葉みたいに、ヘレンは繰り返した。そんなヘレンの態度に、デニスは怪訝《けげん》そうな顔をしていた。

「この前話しただろう。カリスタはニール君との関係を解消した。それに伴い、新しい婚約者と婚約を結んだんだ」

……ニールはもう、カリスタの結婚相手ではない。

それを理解した途端、あれほど輝いて見えていたニールが、記憶ごと色あせてしまったような気がした。

カリスタが帰ってきたら、何を言おう。そう考えながら、少女は日々を過ごした。婚約を結んだなら、どうして教えてくれなかったのかと言おうか。

そうして、待って待って待って……やっとカリスタは帰ってきた。

「おねっ――」

おねえ様。そう続けようとしていた言葉は、中途半端に切れる。帰ってきたカリスタに会うために駆け下りた玄関ホールの真ん中で、ヘレンは立ち止まって正面の光景を見つめていた。

玄関の外、一台の豪華な馬車が停まっている。まさにそれは王子様が乗るような、立派なものだ。普段ヘレンが乗っているブラックムーンストーン家の馬車とは比べ物にならない、大層立派なものだった。

その馬車のドアが開く。

美しいブロンドで、美しいエメラルドグリーンの瞳の、美しい男が降りてきた。

ヘレンはそれが誰か知っている。フェリクス・エメラルド、貴族学院で、多くの同級生が理想の異性という偶像として崇めている人物だ。

彼が、義姉の婚約者となった人……。

それまでヘレンは、フェリクス・エメラルドに対して興味はなかった。確かに素敵な人だとは思ったが、それまでだった。だが……。

フェリクスは馬車の中へと振り返り、手を差し出す。その手を取って、カリスタは降りてきた。

何かを話している。話は聞こえない。

カリスタとフェリクスは穏やかに微笑みあって、まるで幸せという場面をまるごと絵画に描いたかのようだった。

「すてき」

素敵な空間だ。ヘレンはそう思った。

素敵な光景……素敵な態度……素敵な人！

欲しい、欲しい、欲しい！


ヘレンは踵を返していた。

ここ数日、祖父は仕事が休みの期間らしく、ずっと屋敷にいる。だからヘレンは迷わずボニファーツの下へと駆け込んだ。

「おじい様っ！」

「おおヘレン。どうかしたのかい」

いつも通りボニファーツは優しい。

ヘレンはそんなボニファーツの膝に飛びつきながら、彼の顔を上目遣いで見上げて言った。

「おじい様っ、私、私ね、フェリクス様と結婚したいの！」

突然の言葉に流石のボニファーツも驚いたように目を丸くして固まっていた。それを無視して、ヘレンは先ほど玄関ホールで見たフェリクスがどれほど素敵だったかを語る。

あんな素敵な馬車に乗って、あんな素敵な男が自分を迎えにやってくる。そして馬車の乗り降りの際には、そっと手を差し出して自分を支えながら微笑んでくれる。それはとてもとても素敵な事に思えた。

「ヘレン。ヘレン。ニール君はもういいのかい？」

ボニファーツにそう問われて、ヘレンはやっとニールの事を思い出した。ただそれは、ニール・ツァボライトという人間を思い出したというだけの事だ。

思い出しても、これまであれほど素敵で煌めいていたニールの顔は、ちっとも素敵なものではなくなっていた。

「うん！　いらないっ！」

最早ニールは、ヘレンにとって価値のない存在だった。だから摘み取った花をぽいとその場で捨てても、何の感情も動かないのは……当然の事だった。

ヘレンの心からの言葉に、ボニファーツはゆっくりと頷いた。

「そうか。ニール君とフェリクス子息を比べるなど、確かに馬鹿馬鹿しい事だな。可愛いヘレンには、より良い男が似合うに決まっておる。お爺様に任せておきなさい」

「ありがとう！　だいすきっ、おじい様！」

ヘレンは大喜びして、そう言った。彼女はフェリクスが自分の物になると、何一つ疑っていない。

だってこれまで、いつだって、そうだった。ヘレンが望めば、それはヘレンの物になった。だから今度だって同じだと、ヘレンはなんの躊躇いもなくそう信じていたのだ。

第十粒　決別

エメラルド伯爵領エノルディでは問題も起こったが、エメラルド家の人々の助力もありカリスタは無事に王都の住み慣れた屋敷へと帰ってきた。

送られてきた手紙でも分かっていたが、エメラルド家から連絡を受けていた両親はカリスタの事を酷く心配していた。なのでカリスタは何度も繰り返し、フェリクスやエメラルド家の人々のお陰で助かったし、その後も良くしてくれたという話を繰り返して語ったのだった。

両親も落ち着き、長期休暇も半分が過ぎた。屋敷に帰ってからはフェリクスと文のやり取りをしながらいつも通り勉強に勤しんでいたわけだが……。

（……何があるの？）

帰ってきてからというものの、ヘレンは異様に上機嫌だ。怖いのは、上機嫌にもかかわらずカリスタに何も言ってこないという所。

いつもであれば、ヘレンは機嫌がよくなるほど良い事があったなら、頼んでもいないのにカリスタにそれを伝えに来ていた。だが、それがない。

それだけでなく、ボニファーツもどことなく雰囲気が浮ついている。

胸がざわつく。

その予感は正しいもので、長期休暇中のある日の朝、ボニファーツは突然こう宣言した。

「明日、婚約記念パーティーを開く」

あまりに常識知らずな発言に、誰もが呆然とした。

そもそも貴族の家で行われるパーティーというのは、準備に時間がかかる。本当に親しいものがちょっとお茶を飲みながら話すのとは訳が違うからだ。

まず、主催者側は事前に参加の打診をする。

誰もが自分の生活があるので、一般的には小さいものならば半月からひと月は前に、大きなものであれば数か月前には参加の確認を取るなんて事は、よくある事だった。

それが、明日、だなんて。

パーティーには料理や様々な準備が必要になってくる。

少なくとも、明日だなんて感覚で開く事が決定されるパーティーなんてものはない。

そんな失礼すぎる誘い、出来たとしても格下の分家相手ぐらいのものだ。分家相手だとしても、後々名前に瑕が付く事は避けられないだろうが。

「父上。そんな非常識な事をせよと仰るのですか。そもそも、そのような準備をしている様子もないではありませんか。開けるはずがない」

「身内のみのパーティー故な、大掛かりなものをするつもりはない」

「はぁ……驚かせないでくれ。それならばパーティー等と言わず、ただの食事会と言えばいいだけでしょう。それにしても明日だなんて急すぎます。エメラルド家やツァボライト家に打診を取り、日を改めて……」

「明日だ」ボニファーツは強い口調で言った。「明日以外有り得ん。もうエメラルド家には連絡を送っている」

デニスたちの都合すら聞かないこの言葉に、カリスタは次の瞬間デニスとボニファーツの何度目か分からない争いが起きるのを悟った。

予想通り、デニスは父親を睨み上げながらボニファーツの非常識すぎる言動を責め立てたが、ボニファーツはどこ吹く風という様子で、デニスの言葉を右から左へ左から右へと全て聞き流している。

埒が明かず、朝の食事の席が終わった後、カリスタとデニスとフィーネの三人は、デニスの執務室へと入った。

「一体今度は何を企んでいるんだ……？　本家の人を呼びつけたのか？　……ともかくカリスタ。私からもエメラルド家には弁解の手紙をしたためるが、お前からもフェリクス君に連絡を取ってくれ」

「はい、お父様」

父からの要望に、カリスタはすぐフェリクスに現状を伝えるべく手紙を送った。

その返事はすぐに来た。受け取ってすぐに返事を書いてくれたのだろう。

宛名はカリスタ・ブラックムーンストーン子爵令嬢様とわざわざご丁寧に書かれており、エメラルド伯爵家の家紋型の封蝋《ふうろう》までされている。普段の私的なやり取りでここまでされている事は殆どないので、これはエメラルド家としての返事だろうと考え、カリスタは急いでデニスとフィーネを呼び、封を開けた。

一応、カリスタ宛であったので、最初にカリスタが代表して一人読む。

「……お父様、どうぞ」

読み終わってから手紙を差し出すと、父は片手でそれを制した。

「それはお前宛の手紙だ。まずは内容の共有だけで構わない。それを聞いて情報が不十分だと思った時だけ確認させてくれ」

「……分かりました」咳払いを一つ。「まず、明日の食事ですが、フェリクス様は参加出来ますが、やはりエメラルド伯や夫人、カチヤは難しいようです」

伯爵や夫人たちは前々から決まっていたちょっとした身内のパーティーに呼ばれているので参加出来ないが、フェリクスだけならば、参加出来ると手紙には纏められていた。

この事はフェリクスの独断ではなく、伯爵夫妻やカチヤも含めての判断との事なので、明日のパーティー（とボニファーツが主張しているもの）にフェリクスが参加する事は問題ないようだ。

「……まあ、大方そうなるだろうな」

デニスは腕を組んでそう言った。

「父が何を企んでいるのかは分からないが、エメラルド家から非常識と見られる事よりも、私たちをやり込める事を選んだのかもしれん」

「……どういう事ですか？」

カリスタが聞き返すと、デニスの横に腰かけていたフィーネが珍しく口を開いた。

「お義父様はフェリクス殿だけならば丸め込む事や言い負かす事が出来るとお考えなのでしょう。きっと、デニス様の仰る通り、他家からどう見られるかよりもわたくしたちを従わせる方が大事なのかもしれません……」

「そんな……」

愛されているとは思ってこなかったが、ここまで粗雑に扱われ続けると、やはり気持ち的に辛いものがあった。

しかしだからといって、ボニファーツに良いように事を行うつもりはない。

ヘレンではなく自分が家を継ぐと、そう決意したのだから。

「油断するなカリスタ。今の父はきっと、自分の望みのために何だってしようとするだろう。だが、相対する我々まで相手に呑まれてはいけない」

「……はいお父様」

デニスの言葉にカリスタは頷いた。

これまでとは違う。カリスタには父と母だけでなく、フェリクスという味方もいる。


次の日。

ボニファーツが婚約記念パーティーと主張する食事会は、それでもパーティーと銘打っているためか、普段よりは遥かに豪勢な食事がテーブルに並んでいた。

ブラックムーンストーン家の食堂には――。

子爵家当主、ボニファーツ・ブラックムーンストーン。

その妻、コローナ・ブラックムーンストーン。

ボニファーツの一人息子であるデニス・ブラックムーンストーン。

デニスの妻、フィーネ・ブラックムーンストーン。

デニスとフィーネの一人娘、カリスタ・ブラックムーンストーン。

そして、デニスとフィーネの養女という事になっているヘレン・ブラックムーンストーン。

以上、六人が集まっていた。

当主であるボニファーツは礼服に身を包み、右手の親指には当主の証として代々受け継がれている大きなブラックムーンストーンがはめ込まれた指輪をつけている。

カリスタはその指輪を持ちだしたボニファーツに少しだけ驚いた。

ジュラエル王国の貴族には子々孫々と受け継がれているアクセサリーが存在している。公的な場には当主か当主代理が必ずそれを身に着けて行かねばならない。形式に決まりはなく、ブラックムーンストーン家のような指輪の家もあれば、ブローチの家、ネックレスの家など様々だが、その価値は普段使いの装飾品とは桁違いだ。

（お爺様がパーティーと言ったのは、それだけ重要な事をする心算だという意味だったのね）

いつもより豪勢な食事会――等とは、ボニファーツは思っていない。その事はカリスタにもしっかりと伝わった。

予定時刻より少し早いタイミングで、フェリクスは訪れた。

「お待ちしておりました、フェリクス様」

「今日はお誘いありがとう、カリスタ」

屋敷の入口でカリスタはフェリクスを迎え入れる。

フェリクスの恰好は、一貴族の屋敷で行われる食事会には不釣り合いなほどに立派な物だった。品の良い黒のジャケットに、ところどころにエメラルドを思わせる緑の差し色が入れられている。ちらりと見えたカフスボタンには小ぶりのエメラルドが埋め込まれているようだ。片手には、学院などでは見た事がない革の鞄を持っている。

カリスタとて、どこかのパーティーに行けるくらいにはしっかりとした恰好をしている。だがやはり、フェリクスと並ぶと見劣りしてしまう。そう感じたカリスタの心を読んだかのように、フェリクスは自然な動きでカリスタの露わになった耳元にそっと口を寄せた。あまりの近さに、耳に着けた小ぶりのイヤリングが音を立てる。

「似合ってる。…………かわいい」

カリスタの白い頬が一気に色づく。

「かっ…………からかわないでくださいませ……っ」

「本当にかわいいんだ。カリスタがかわいいのが悪い」

カリスタはその場で大きく呼吸をした。ボニファーツに呑まれる前に、フェリクスの勢いに呑まれてしまいそうだった。それも悪くないと感じてしまっているあたり、自分は手遅れなのかもしれない。

「参りましょう、フェリクス様」

そして二人は食堂へと向かった。


ブラックムーンストーン家六人と、フェリクス。全部で七人の人間が子爵家の食堂に集まった。

食堂のテーブルは長方形をしている。

上座にいつも通りボニファーツが腰かけ、右側にはコローナが。反対側にはヘレンが腰かける。

そこから少し間を開けて、コローナが腰かけている側にデニスとフィーネが腰かけ、ヘレンが腰かけている側にカリスタとフェリクスが座っているような状態だ。

ボニファーツが笑みを浮かべたまま、乾杯のためのグラスを持ったことでカリスタは異変に気が付く。ボニファーツやヘレンの事に気を使ってばかりで、ヘレンの横にいるべき存在――彼女の婚約者であるニールの姿がない事に気が付かないでいたのだ。

(……どういう事？　この婚約がヘレンとニール様の婚約を祝うものであれば、いないわけはない。ならばこれは私とフェリクス様の婚約を祝うパーティーだとでも言うの？　そうだとしても、ヘレンの婚約者であるニール様は呼ばれてしかるべき)

ただ遅れているというだけでなく、ヘレンとカリスタの間には椅子すらない。……つまりそれは、ニールという存在がこの場に呼ばれてすらいないという事を表していた。

確実に、何かがおかしい。カリスタはそう思った。

「それでは。婚約を祝して」

ボニファーツの言葉は短く、どの婚約に対して祝うべきかは分からない。ただ周りの動きに合わせて参加者は手に取っていたワイングラスを掲げた。

食事が始まり、使用人たちが次々に料理を運んでくる。

それを見ながらカリスタは不安になった。

この料理は普段のブラックムーンストーン家の食事を知るカリスタにとってはとても豪勢な物だと分かる。

だがしかし、エメラルド伯爵家の領地で出された料理と比べてしまえば、劣っている。

ハッキリ言ってしまえば、フェリクスの口に合うのかという不安だ。

カリスタはちらりちらりと横のフェリクスを見ながら、自身も運ばれてくる料理に手を出していた。そんなカリスタの異変にフェリクスが気が付かないはずもなく、フェリクスはいくつかを食してから、隣の婚約者を安心させるために口を開こうとした。

だが、それを遮るようにカリスタの右横から大きな声が飛んでくる。

「フェリクス様っ、私この前、とっても嬉しい事があったのですよ！」

ヘレンはこうして脈絡なく話を始める事が多々あったが、まさかこのタイミングで行われるとは思っても見なかった。

フェリクスは食事の手を止め、ちらりとヘレンの方を見る。その表情はカリスタに向けられていた物とは全く違い、彼がヘレンの態度に不愉快さを感じているのがよく分かった。

「この前おじい様が新しいドレスを買ってくださったの！　まだどこにも着て行っていないから、

今度パーティーに連れて行ってください！」

「ヘレンっ」

なんというお願いだとカリスタは血の気が引いた。

フェリクスは目を少し細めてから、ヘレンではなくあくまでも目の前にある料理の方を見ながらあっさりと答える。

「私はカリスタの婚約者。君をパーティーに連れていく謂《いわ》れはないでしょう。パーティーに行きたいのであれば、婚約者であるニール・ツァボライト令息に頼むのが筋という物ですよ」

怒りというよりも、どちらかというと呆れているように感じられる声だった。

フェリクスはヘレンに対して十分な返事をしたと考えているようで、ヘレンの方をそれ以上見る事もなく食事に戻った。

ヘレンはフェリクスが自分の方を見ない事に不満を抱いたようで、分かりやすく頬を膨らませている。

そんなやり取りを見ていたカリスタの胸には嫌な確信が浮かんでしまった。

長年、ヘレンの傍にいて、ヘレンに沢山のものを奪われてきた。だからこそ分かった。

ヘレンがフェリクスに向けている視線は、カリスタの物が欲しいと言い出す時と同じ目だった。

ただそれが欲しいと当然のように主張する、少女の顔。

（どうして？　前はフェリクス様に全く興味がないという風だったのに……）

何か、彼女が心変わりするきっかけがあったのだろうが、カリスタには心当たりがなかった。

これまでの記憶がカリスタの脳裏によぎる。気が付けばカリスタはテーブルの下で、そっと横のフェリクスの服を掴んでいた。

フェリクスはそれに気が付き、手に持っていたナイフを一旦置いて周りにあまり見えぬように、静かにカリスタの手を握った。

握られた手からフェリクスの温かさが伝わってくるようだった。落ち着いてフェリクスの顔を見上げると、彼は先ほどヘレンに返事をした時とは打って変わって、優しい、柔らかい微笑みを浮かべていた。

（大丈夫）

口に出されたわけではない。だが、彼の目はそう語っていた。

フェリクスのお陰で気持ちは落ち着いたものの、不安が解消されたとは言い辛い。何せ普段のヘレンならば、先ほど断られた所でもっと食い下がっているはずだ。ボニファーツも、ヘレンの願いを叶えろと言い出すはず。しかし、どちらもなかった。

後者は相手が自分の家の人間でないからという理由で納得出来るが、ヘレンにそんな理性があるわけもない。相手がたとえ誰であろうと、ヘレンの中で最も優先されるべき人間はヘレンだ。それを蔑ろにされて黙っているのは、不穏さをより感じてしまう。

ところどころでボニファーツやデニスが口を開くものの、基本的に話は盛り上がらず、妙な空気のまま、パーティーは進む。

メインディッシュを全員が食べ終えた頃、ボニファーツはやっと本題を口にする気になったらしく、テーブルの上で両手を組んだ。皺だらけの指に嵌っている黒い宝石が煌めく指輪のせいか、普段よりもボニファァーツの態度には威圧感のようなものがあった。

「さて。本日は我が家の婚約記念パーティーにご出席いただき、感謝しますよ、フェリクス殿」

フェリクスの方を見ながらボニファァーツはそう言った。その物言いには分かりやすく彼の傲慢《ごうまん》さがにじみ出ていて、態度を見ていれば明らかにフェリクスを自分より下の立場に置いていると分かった。

デニスは分かりやすく不快感を露わにし、ボニファァーツを睨む。無言での訴えだけでなく、口でも訴えようとしたものの、それをフェリクスが視線で制したので睨むだけで終わった。

家格として見ればブラックムーンストーン子爵家よりもエメラルド伯爵家が圧倒的に上だが、現状、一貴族の家の当主であるボニファァーツと貴族の子息でしかないフェリクスでは、公的な場では前者の方が立場が上という事になる。なのでボニファァーツの、フェリクスを下に見た物言いが間違っているとは言い切れない。

……まあ一般的にはそういう関係性であっても、家同士の関係を考慮した物言いをするのが普通だが。

このパーティーの会場が子爵邸である事に加えて、この場にいるのは殆どがボニファァーツの権限でどうにでも出来る人間ばかりであった事から、随分と偉そうな物言いをするに至ったのかもしれない。

それにしても、自分の家の人間以外にもこんな態度を取り始めたボニファァーツが、カリスタはなんだか自分の知っている祖父とは別人のように思えてきた。

「突然のお誘い故、我が父母が来れなかった事、伯爵家を代表して謝罪致します。申し訳ありません」

フェリクスの返答は、丁寧すぎるほどだった。仮にもカリスタの祖父であるため、そのような対応に留めたのだ。普段ならばあまりに急すぎる誘いに対して文句の一つでも言っている。

あくまで下手に出たフェリクスの態度に、ボニファーツは機嫌を良くしたように見えた。

「実は先日、我が家では少し問題が発生しましてね。それ故、私は後継者の問題について、少し再考したのです」

問題が何か、カリスタには全く分からない。だが再考したという所で、もしや祖父が思い直したのだろうかと期待をする。

しかし、そんな期待はあっさりと、打ち砕かれた。

「現在あるヘレン、カリスタ双方の婚約を解消いたしまして、フェリクス殿にはヘレンと婚約を結んでいただきます。よろしくお願いいたしますよ」

ボニファーツの一方的な宣言に、カリスタは唖然として何も言えなかった。恐らく、この事を知っていたのだろうコローナとヘレン以外は皆、同じように石にされたように固まってしまっていた。

一番最初に我に返ったデニスは目を吊り上げて叫ぶ。

「馬鹿を言うな！」

「デニス。御客人がいるのに騒ぐんじゃない」

自分の言葉を正面から否定する息子を、ボニファーツは忌々し気に睨む。しかし散々父と言い争ってきたデニスがその程度で怯むわけもなく、滅茶苦茶すぎる宣言に文句を言おうとした瞬間、廊下からけたたましい音と声が聞こえてきた。

何事かと全員が廊下に繋がるドアを見た。使用人たちが止めようとしている声や悲鳴らしいものが少し聞こえてくる。横にいたフェリクスは立ち上がり、無言でカリスタを抱き寄せた。

ドアが開け放たれる。

そこにいたのは、ニールだった。

ニールは明らかに興奮していて、大きく荒い呼吸をしながら獣のように食堂内を見渡す。そしてヘレンやボニファーツがいるのを確認すると、唾を飛ばしながら叫んだ。

「何故俺とヘレンの婚約が解消されるんだ！　どういう事だ！」

その言葉から、今先ほどボニファーツが突然宣言した、あまりに無茶苦茶で最早非常識という言葉だけで説明付かない行動は、ツァボライト家にも伝わっていたらしいと知る。

ニールはフーフーと鼻から息を出しながら、ずんずんとヘレンへと近づいていく。

「ヘレン。どういう事だ」

名前を呼ばれているにもかかわらず、ヘレンはニールに嫌そうな視線だけ向けて、それから聞いてなんていませんとばかりに顔をそむけた。

ヘレンのそんな態度のためか、ニールは苛立ったように彼女の腕をつかむ。

「ヘレン！　答えろ！」

「む～！　触らないでよ！」

ヘレンはニールの大声に負けない大声を出して、腕を振り回してニールの拘束を解くと、立ち上がった勢いのままにニールの事を押し飛ばした。そんな対応をされると思っていなかったらしいニールはたたらを踏んで、尻から倒れる。

「へ、へれん……」

倒れ込んだニールは一転し、青ざめた顔で婚約者であった年下の少女を見上げる。ヘレンは立ったまま、両腕を組んでニールを冷めた目で見下ろしていた。

「貴方なんか要らないから。さっさと出てって！」

「そんな……理由を、理由を説明してくれ！　どうして急にっ」

「急ではない」

ニールの言葉に、ボニファーツが口をはさんできた。目上の者からの心の底から失望したという視線を向けられたニールは、顔中の筋肉を痙攣《けいれん》させる。

「ニール君。君には失望した。以前ヘレンが襲われた時はヘレンを守り切る事も出来なかった。そしてヘレンと二人で出掛けた時も、ヘレンの願いを叶えなかった上に責め立てたという。そのような男に、大事なヘレンを任せる事など出来るはずもない」

「ま、待ってください！　襲われた時は多勢に無勢だった、精天祭に武器を持って歩けと言うのですか⁉　それにこの前仕立て屋に行った時の事でしたら、どうしようもなかったのです！　私が到底払えない金額のものをヘレンが欲しがったから！　だから無理だと伝えたのに、嫌だ嫌だとその場で喚いて、周りに迷惑をかけたから……！」

前者のニールの言い分は真っ当なものであるし、後者の事情はカリスタは知りもしなかったが、ニールの言い方からどんな状況だったか簡単に想像が付いた。

だがボニファーツはニールの言い分に耳を貸さない。ヘレンも同じくだ。自分の味方であった二人に見捨てられたニールは、助けを求めて周囲を見渡す。そして、縋るような視線がカリスタに注がれた。

「か、カリスタ、カリスタ！　助けてくれ、君のっ君の妹と祖父だろう！　頼むっ！」

取り成して欲しいのか、それともただ助けて欲しかっただけなのか。どちらであったのか、カリスタには分からない。

カリスタに近づこうとしたニールに対して誰より怒りを見せたのはフェリクスだった。彼は、カリスタを抱き寄せていた腕の力を強くして、怒りを隠さない声で言った。

「去れ。ツァボライト。私の婚約者を馴れ馴れしく呼ぶな。次はないぞ」

その言葉に床に這いつくばっているニールは真っ白になっていた。だがそれでもなお、カリスタを必死に見つめてくる。それぐらい、彼にはもう後がなかったのだろう。

ニールを哀れだとは思う。しかしカリスタを裏切り義妹にうつつを抜かした相手を、助けようとは思わない。彼は一度カリスタを捨てて、自分たちのためにカリスタを悪役に仕立てた噂まで広めた人間なのだ。

カリスタはそっと視線をそらした。それだけで意思表示は十分だった。ニールがどんな顔をしていたかは知らないが、力なく床に沈んだらしい音だけが聞こえた。

「フェリクス様の婚約者は、私ですぅ！」

ニールの騒ぎがやっと終わったかと思ったのに、今度はヘレンが騒ぎ始めた。

むしろここまで騒いでいなかった事の方が驚きだったのだが、ヘレンはずんずん勢いよく近づいてきて、カリスタの体に回っているフェリクスの腕をどけようとしたらしい。

しかしその腕が届く前に、カリスタの体は浮遊感に包まれた。

一瞬何が起きたかと思った。

ヘレンも、手を伸ばしていた先が消えたので腕を伸ばしたまま固まっていた。

「婚約という重要な物が、片一方の家の意見だけで決定されるとは存じ上げませんでしたよ、ブラックムーンストーン卿」

カリスタを抱き上げた状態で、フェリクスはヘレンから距離を取る。ヘレンが動かない事を確認してからカリスタを下ろして背中に庇いながら、ボニファーツの方を見てそう言った。

ボニファーツはフェリクスの言葉に、片方の眉だけをついっと上げる。まるで意外だ、と言わんばかりの顔だ。

「片一方だけの意見で決定――と言うが、その家の人間の婚約や結婚を決定する権利を持つのは当主だ。愚息はブラックムーンストーン子爵たる私の了承も取らず、勝手に、カリスタと貴方の婚約をまとめたのだ」

やれやれ、とボニファーツは首を振る。

「…………それでも他家に嫁いでいくというのなら目を瞑っても良かったが、相手が婿入りしてくる婚約を当主の了承なしに結ぶという事がどれほど非常識か分からないほど幼くはないでしょうな」

最早、食事会、パーティーという建前は消え去ってしまっていた。

「そもそも、ヘレンを次期当主とする事自体が大きく間違っている所からもう一度話をする必要があるだろう」

デニスは立ち上がりながらそう言った。

「ヘレンは確かに私たち夫婦と正式な縁組を組んだ養子だ。貴方が勝手にしたとはいえ、それは認めよう」

デニスはそこで少しだけ言葉を区切る。

「だが、ヘレンはブラックムーンストーン子爵家の血をひかない。我らがジュラエル王国の法律において、血筋が異なる人間が跡継ぎになるという事は有り得ない。嫁や婿が不慮の災難で取り残されたとしても、彼らが跡継ぎとなる事はない。国の常識と相反する事を堂々と行うその行為こそが、全ての問題の始まりだ！」

「血筋血筋と……」

ボニファーツは鼻で笑った。

「血を引くか否かで言うのなら、カリスタは本当にお前の血を引く娘か？」

カリスタはぎゅっと胸元で手を握りしめた。その場の人間の視線がカリスタに集中していた。

デニスは呆れと怒りが半々ずつという感じで、ボニファーツに言い返す。

「カリスタはフィーネに似ているだけだ。子供が母親に似る事の何が悪い？」

「フィーネに似ている、などとよく言えたものだ。見るがいい！　カリスタの黒さもない髪！　黒とほど遠い目の色を！　それに比べて、ヘレンの美しい黒髪……ああ、なんて素晴らしい……」

「馬鹿馬鹿しいにもほどがある。自分で言っていて空しくならないのか。高々髪の色だけでヘレンに正統性を与えられると、本当に思っているのか？　……容姿でたとえ近しい人を誤魔化したとしても、戸籍を見ればヘレンがブラックムーンストーンの血筋でない事はすぐに知れるんだぞ！」

ボニファーツはふんと鼻を鳴らす。デニスの言葉は全く響いていないようで、むしろ屁理屈をこねる愚か者を見ている目をしていた。

話があまりに通じない。カリスタは恐ろしささえ感じた。

これまで厳しく対応されてきたとしても、それでも、カリスタの中には実の祖父と孫という情とは別に、ボニファーツの事を当主として尊敬する心もあったのだ。

ヘレンに対して甘すぎても、それでも、当主としては仕事をしっかりしていると思っていた。ボニファーツの姿は、カリスタの中にある当主としての正解の形の一つであった。

それが風に吹かれた塵のように崩れていく。

「お前は本当にヘレンを嫌うな、デニス。だから命まで狙ったのか」

「……何を言っているんだ？」

デニスは本当に意味が分からないという顔をしていた。少しして、精天祭にヘレンが襲われた事を指していると気が付き、眉をひそめる。

「そうだろうか。ヘレンがいつどこに出掛けるかを把握出来るのは、我が家の関係者のみだ。そして、ヘレンを次期当主に据えるという話をしてすぐにヘレンが襲われたのだから、おのずと、誰がヘレンを狙ったのかが分かるというものだが」

「冤罪にも程がある」

「そのような言いがかりで他人を襲わせたと言われるのは不愉快だ」

進みもしない話し合いに、デニスは空気を換えるべく一つ咳払いをした。

「何度も同じ話題を繰り返すのは不毛だ。一つはっきりしているのは、ヘレンにブラックムーンストーンの血は流れていない。そして我が家に婿入りしようとしていたフェリクス君も、ブラックムーンストーンの血を持っていないのは調べるまでもない。有り得ないが――万が一ヘレンとフェリクス君が結婚したとしても、二人の子供に、子爵位を継がせる事は出来ない。そもそも、ヘレンに当主としての仕事が出来るとは到底思えないが」

デニスの言葉に、ボニファーツは少しも表情を変えなかった。

「確かに婿に爵位を与える事は出来ないが、実権を譲渡するという形をとっている家はいくらでもある」

「……先に触れたのは私だが、ヘレンの能力の問題より先に血筋の問題について答えてくれなければ困るな。違う話に持って行こうとするという事は、それだけ自信がないという事で良いか？」

デニスとボニファァーツの言い争いをよそに、ヘレンはとてもいい笑顔だった。その笑顔は、フェリクスにだけ向けられている。

「ねっ、フェリクス様。ヘレンの代わりにお仕事、してくれるでしょう？」

抱き着こうとしてくるヘレンをかわし、フェリクスは今度はカリスタの腰を抱き寄せた。肩ではなく腰だったので、カリスタは瞬いた。

とはいえ、今はフェリクスのそういう行動に驚いたり照れたりしている場合ではない。

避けられたヘレンは涙を浮かべでフェリクスを見上げるが、彼は全く相手にもしなかった。

「ボニファーツ卿。先ほども伝えたつもりでしたが、もう一度お伝えします。私はヘレン嬢と結婚する気は、全く、ありません」

ヘレンはぽろぽろと大きなマンダリンの瞳から涙を零れさせる。

「どうして？　どうしてそんな酷い事言うのおお？」

フェリクスはそこでやっと、ヘレンを見た。けれどほんの一秒ほどの事で、すぐにエメラルドの瞳はカリスタに向けられる。

「私がカリスタとの結婚を望んだのは、地位、立場、権力等というもののためではないのです。そんな物が欲しいのならば、大人しく実家を継いでいますよ」

それはそうだ。ブラックムーンストーン家で与えられる権力など、エメラルド伯爵家で得る事が出来るものとは雲泥の差だろう。

それでも、フェリクスは、それらをなげうって、カリスタを望んでくれた。

「私はカリスタを愛しているのです」

フェリクスは胸を張り、そう宣言した。直接的な愛の言葉にデニスやフィーネの目尻が下がる。

「幼い頃から、当主になるために沢山努力をしてきたひたむきな彼女を……愛しているから、共にずっといたいと思ったから、カリスタと婚約をしたのです。…………ヘレン嬢が、カリスタの代わりになるはずがないのですよ」

言葉自体はヘレンを担ぎ上げようとするボニファァーツに対してのものだ。

しかし流石のヘレンも、自分は今拒絶されたのだという事は理解出来たらしい。

「あ、あ、う、うわあああああああああん！」

ヘレンはニールやフェリクスという他家の人間がいる事も構わず、その場に座り込んだ。そして自分の不満を訴えるように、床を何度も叩く。

「うわあああん！　ひどいいいい！　うわあああああん！」

ばんっばんっばんっ！　とヘレンは床を叩く。体を揺らす。両手で顔を隠すこともせず、その美貌を涙で濡らす。

見慣れているブラックムーンストーン家の人間はともかく、フェリクスは頬を引き攣らせたし、燃え尽きた灰のようになっていたニールも、あまりの光景にそっとヘレンから距離を取ろうとしていた。

　この状態に唯一明らかに怒ってみせたのは、ボニファーツだけだった。

「なんという事をっ！　女性を泣かせるなど、エメラルド伯は一体どんな教育を施していたんだ！」

　ボニファーツの言葉だけならばそれは確かに正しいが、ヘレンの状態を見てそれを言う人はいないだろう。

　呆れたような顔になったフェリクスが、改めて口にした。

「それはこちらの科白でしょう。どんな時でも泣くな、などと申すつもりはありませんが……婚約関係にあるとはいえ、他家の人間が、しかも異性がいるような場でこのような泣き方しか出来ない教育をしてこられたのですか。ボニファーツ卿。とてもではないが、貴族学院に通う淑女がする行動ではありませんよ」

　フェリクスの言葉の合間も、ヘレンの泣き声が響き続けている。お陰で、普通に会話をするというだけでも無駄に大変になってしまった。

「このような状態では、周囲から反感を買っているのも納得です」

「……反感？」

　フェリクスのすぐ横にいたカリスタは、婚約者の言い分に引っかかりを覚えた。その言い方ではまるで、貴族学院でヘレンが嫌われていると言わんばかりではないか。

　案の定ボニファーツは憤慨した。

「ヘレンは貴族学院でも友人に囲まれ、愛されている！」

「一部の人間にだけ、ですよ。幻想を見るにも程があります。……ご存じないようでしたら、第三者の立場としてヘレン嬢がどう見られていたかお教えしましょう。殆どの人間から距離を取られているのですよ」

え、とヘレンが泣くのを止めてフェリクスを見つめていた。

「当然でしょう。デビュタント以前の、いや、それより前の幼い子供でしたらヘレン嬢の態度は許されるかもしれませんが、貴族学院はそういう場ではないのですよ。既にデビュタントもすませた、若き紳士淑女の集まる場です。勿論多少の失敗は目を瞑るべきですが、それでも限度がある。…………流石に今ほど泣き喚いたりはしていなかったようですが、すぐに我が儘を言い、涙を浮かべる彼女の行動に嫌気がさしてまっとうな人ほど早くに傍を離れていますよ。…………彼女の言動は貴族の当主としてどころか、一貴族としても不合格でしょうね」

ヘレンに対して、ボニファーツは盲目だった。カリスタもまた、盲目だった。彼女の周りにいる令息が実際にどんな存在だったのか。それ以外の人からどんな風に見られているか。しっかりと確認すればよかったのに、それを怠り、一部分だけを切り取って思い込んでいたのだ。

ボニファーツは両手を強く握りしめている。皺の多い手に、血管が浮かび上がっていた。

「そういえば」

デニスがフェリクスの話に付け足すとばかりに、口を開いた。

「ヘレンの学院での成績はご覧になりましたか？　一年の前期の成績の事ですよ」

そういえば成績が各学生の保護者の下に配られる時期は、とうに過ぎていた。

カリスタが学院の成績の到着を忘れていたのは今年が初めての事である。

カリスタの成績が出ているという事は、当然、ヘレンにも成績が届いているわけで。

デニスの言葉に、ボニファーツの顔色がやや悪くなった。

「そんなもの、さて、覚えていないな」

明らかな嘘に、デニスはため息を吐いた。せめて素直に認めてくれていたら……そう思っていたのかもしれない。

デニスは使用人の一人に指示を出す。使用人は食堂から出て行ったかと思えば、すぐに戻ってきた。その手にある書類を持って。

少し離れていたが、それが成績表だという事はカリスタにもすぐに分かった。

「何故それを！」

ボニファーツが焦ったように叫ぶ。どうやらボニファーツにとって、この書類はデニスの手にあるべきものではなかったようだ。

「……座学の類は、良い物で普通程度。悪ければ最低ギリギリ。……ふむ、いくつかは落第ですね」

落第。

カリスタは初めて聞いた単語のように、心の中で繰り返した。

落第という定義は分かる。貴族学院は貴族の子弟を育てる場だ。成績が悪すぎると判断された者には、落第という採点結果が与えられる。

この落第は一つ二つならば目こぼしされるが、いくつも重なれば、留年が決定されてしまう。

成績優秀者であるカリスタやフェリクスには全く馴染みがないもので、二人してきょとんとデニスを見つめてしまった。

そんな娘と娘の婚約者にデニスは少しだけ苦笑して、それから怒りか恐怖か震えているボニファーツを眺めた。

「マナーの講義にはわざわざ、あまりに良くないという言葉まで添えられていますよ」

極端に成績が良かった場合、或いは逆に悪かった場合にのみ、担当している教授から言葉が添えられることがある。当然だが、カリスタは良い時に言葉を貰った事はあっても、悪い時に言葉を貰った事などない。

「さて。我が家の血も引かず。マナーもデビュタントをすませていない幼子と同等……いや、それ以下か。人間関係でも難有りでしかなく、成績もすぐれない。……そんな娘が後継者に指名され、私や、カリスタのような正統な後継者が外されるなど、夢物語でも有り得ない！　それはただの幻想に過ぎないと、いい加減分からないのか……！」

デニスの叫びは食堂に響いた。そして自然と、静かになった。

誰にも相手をされなかったヘレンは泣くのを止めて、何が起きたかとばかりにデニスとボニファーツの間を、視線をいったりきたり。

コローナは、夫と息子たちが言い争っているのをただ黙って見ているだけで、今も強張った顔でボニファーツを見つめていた。

そしてボニファーツは、体全体を小刻みに震わせて、両手を力強く握りしめて、額に血管が浮き上がるほどに顔を赤くしていた。

その様子から、デニスの言葉が心に響いた……とは、到底、見えなかった。

「げん、幻想？　夢物語、だと？　違う、違う違う違うちがうちがう！」

ボニファーツはドンドンッとテーブルを拳で叩いた。大きく鈍い音に、女性陣はわずかに怯えを見せたし、デニスやフェリクスですら次のボニファーツの行動を真剣に見つめていた。

「夢なんかではない。これは現実だ、そう、現実だ！　あるべきものが、正しく、戻ってくるだけだ！　ヘレンは、ヘレンは誰よりも、この家を継ぐに相応しい！」

何の話か分からないわけがない。恐らくこの場で、その事について知らないのはニールぐらいだろう。

それでも今までは、ただの噂でしかなかった。誰かが言っていた、根拠のない噂でしかなかった。

だが今のボニファーツの言葉によって、殆ど事実として確定されてしまった。

デニスは、ゆっくりとため込んだ息を吐き出した。カリスタはテーブルを挟んで向こう側にいる父を見つめた。

デニスは一度目を閉じた。それからゆっくりと黒い目を開けると、横で自分に寄り添ってくれている妻や、心配げに見つめてくる娘に優しい笑みを浮かべた。

そしてそれらの表情を全て消し去って、冷たい顔で己が父親を睨んだ。

「今のはどういう意味でしょうか。ヘレンが家を継ぐのに相応しい？　貴方の、血の繋がらない義理の妹でしかないコーリー様の血を引くヘレンが？　コーリー様の一人娘であるエルシーの娘であるヘレンが、何故？」

それはあからさまな問いかけだった。普通であれば違和感を覚えるほどの質問だ。

けれど頭が沸騰しているボニファーツには引っかからなかったようで、むしろ老人は大きく口を開きながら言った。

「ヘレンは私の血を引いているからだ！」

そう大声で言い放ち、それからボニファーツは大笑いする。デニスは悲しげな顔をして更に追及しようとしたが、それよりも先に金切り声が上がった。コローナだ。

「あなた、あなたっ！　や、やはり、やはりあの女と！」

「ああそうだ！　私たちは、私とコーリーは愛し合っていた！　それにもかかわらず、父は、私のコーリーをよその男に嫁がせたのだ！」

ボニファーツは呆気なく、己の不貞を認めた。

自分の祖父が義理の妹と不貞を働いていたという事実はカリスタにとっては出来れば信じたくない事だったが、ここまで堂々と言うのならば目を背ける事も出来ない。

「エルシーは私とコーリーの間に出来た、正真正銘、私の娘！　美しい私の黒髪を継いだ、コーリーが産んだ娘！　ああ、ああ！　本当は私たちが結ばれるべきだったのに！　父はそれを許さなかった……だがコーリーは帰ってきた、私の下に！　私の愛の下に！」

「どんな考えで不貞を肯定しているんだ……」

デニスはぽつりと呟いた。

ボニファーツは最早、この場にいる人間と会話をしてはいなかった。ただ一人、笑っていたかと思えば、急に宙を見つめながら呟く。

「どうしてだコーリー。どうして私を受け入れなかった？　どうして私を置いて先に逝った。エルシーまで。私の愛する娘。ああ、どうして……」

コローナは耐えきれないとばかりに顔を覆って、力なく椅子に沈み込んだ。

「だが、だが私にはヘレンがいる。私たちの愛の成果が………」

これ以上は聞くに堪えない。ボニファーツが血の繋がりをよりどころにしているというなら、その問題を揺さぶらねばならないだろう。

横のフェリクスを見上げる。彼は頷いた。

カリスタは、少しだけ震える両足に心の内で叱咤《しった》の声を飛ばして、それからハッキリとした声で、ボニファーツの夢に口をはさんだ。

「お爺様。エルシーおば様がお爺様の娘であるというのは、お爺様の……お婆様の、思い違いではありませんか？」

芯のあるカリスタの声は、自分の世界に籠ってしまったボニファーツにも届いたらしい。ボニファーツはゆらりと、暫くぶりにカリスタを見つめた。

「黙れカリスタ」

今までであれば、その言葉に萎縮してすぐに黙っていただろう。

だが今までと、これからは違う。

「いいえ、黙りません」

カリスタがそう言い返してくるなど予想していなかったのか、ボニファーツは目を丸くした。

彼が再び口を開く前にカリスタは言葉を続ける。

「休みの間、私はエメラルド伯爵家の領地を訪れていましたわ。そこがコーリー様が嫁いだ後、過ごしておられた場所という事はご存じでしたでしょうか」

ボニファーツは愕然《がくぜん》としていた。知らなかったのだろう。

「ヘレンのお婆様がヘレンの生母であるエルシーおば様を産み落とした時、担当をしたという医者の方とお話しする事が出来ましたわ。……エルシーおば様は、とてもとてもひどい早産で生まれ落ちて、生まれた後も何度も何度も死にかけたと。ところが死んでもおかしくなかったのに、奇跡的に生きながらえたと仰っていました」

直接的な言葉ではなかったのでボニファーツはポカンとしていた。しかし散々エルシーがボニファーツの子供かどうかについて頭を悩ませていたコローナは違ったようだ。フィーネもすぐにハッとした顔になる。デニスやボニファーツより理解が早かったのは、実際に、出産を自分の事として行っていたかどうかという違いもあったのかもしれない。

「エルシーおば様は本当に……通常であれば、流れてしまいかねないというほど早い時期にお生まれになっていたそうです」

「だって……コーリーがエルシーを抱いて戻ってきた時、子供はもう、産まれて数か月だと……。丁度、嫁ぐ前に孕んでいたのなら、それぐらいの産まれだろうと私は、思って……」

コローナの独り言でやっと理解したらしいボニファーツは強くテーブルを叩いた。

「嘘だ！　どこか別の人間と勘違いしているに決まっている！　何か証拠でもあるのか⁉」

「残念ながら、紙の書類はございませんでした。ですが、医者の方も、他の方も一部、よく覚えておいででした。私は絵姿でしか拝見した事はありませんが、コーリー様は美しい人でしたし、あれほど美しいマンダリンの髪と瞳の人も早々いらっしゃらないでしょう。いつも夫君と睦まじく……」

「証拠が、証拠がない。人間の記憶など信用におけん！　エルシーの黒髪も、ヘレンの黒髪も、私の血によるものだ！　私はコーリーを抱いたのだぞ！　嫁ぐあの子を、悲しいと泣くあの子を抱いた！　具体的な証拠もない癖に、騒ぐな！」

ボニファーツは近くに皿を投げる。威嚇《いかく》のためだったのだろう。全くカリスタに届きそうにもない所に投げられた皿を、カリスタは哀れむように見つめた。

最早ボニファーツはただ癇癪を起こす老人であり、恐怖の対象ですらなかった。

暴れているボニファーツをどうしたものかと思った時だった。

「具体的な証拠ならありますよ」

すぐ横から聞こえてきた言葉に驚いてフェリクスを見上げると、彼は悪戯《いたずら》が成功したように小さく笑んだ。

それから、今日持ち込んできていた鞄を手に取る。

「今朝届いたんだ」

フェリクスはそう耳打ちした。

彼がまず取り出したのは、見るからに古い手紙だ。

「コーリー様の夫君は、独立後縁もゆかりもなかった我が領地にまでやってきた。けれど離れて暮らしていたとはいえ、家族ですから、実家の家族と手紙のやり取りをしていたようです。妻となられたコーリー様も勿論手紙のやり取りをしておられたようですね。……夫君の死後、二人の荷物は、コーリー様が持ち帰ったものと、夫君の実家に送られた物とで分かれていたそうでして、当時の手紙が御実家に残っていました」

それが、フェリクスが手に持っている手紙らしい。

「その手紙の中では夫妻の様子がよく分かりますよ。妊娠が発覚した時から、酷い早産でエルシー様が生まれ落ちた事。そして、コーリー様の体調が戻ってもエルシー様が何度も死にかけていた事。それがやっと、容態が落ち着いて医者の許可も下りて、家族三人で暮らせるようになった事などね……」

「て、手紙などいくらでも捏造が出来る！　ヘレンの、ヘレンの髪色は、あの黒色は――！」

散々証拠を出せと言っていたにもかかわらず、いざ出てきた証拠に物申すとは流石に往生際が悪すぎる。

フェリクスはボニファーツの言葉にため息を吐いた。

「卿は……本当に、黒髪に強い拘りがあるご様子だ。……ですが何故、ヘレン嬢の黒髪が卿からの遺伝と、そうまで強く信じられるのですか」

「黒はっ！　我が家が持つ色だ！」

ボニファーツは荒い呼吸をしながら叫んだ。

自分より二回り以上年が上の男に叫ばれてなお、フェリクスは平然としていた。

「勿論その事は存じ上げていますよ。……ですがブラックムーンストーンは、漆黒の宝石ではありません。それを映すように、ブラックムーンストーンの一族もまた、必ず黒髪黒目だけというわけではないでしょう。むしろ、貴公の総本家の現在のご当主の髪色は確か、灰色寄りの黒だったかと」

……カリスタもあまりハッキリとは覚えていないが、フェリクスの言う通りだったように記憶している。

「卿もよく、自分の髪をご覧になった方がよろしい。卿も、デニス卿の黒髪も、どちらかというと光の当たり方では茶色にも見える黒髪だ。漆黒ではない」

基本的には黒なのであまり考えた事はなかったが、確かに言われてみるとそうとも言える髪色だ。

「対して、ヘレン嬢の髪は、漆黒に見えます」

視線がヘレンに……ヘレンの髪に注がれる。ヘレンは視線が集まった事に首を傾げていた。さらりと揺れた黒髪が、流れ落ちる。その色の中に、他の色は見えなかった。

「黒というものは、この家だけの、独自の色ではないのですよ」

フェリクスはそこで、鞄から一つの古びた筒を取り出した。出して見せたかったのはそれで最後だったようで、フェリクスは鞄を置いた。

「これは、エルシー様を取り上げた医者からヘレン嬢に渡して欲しいと言われたものです」

その言葉で、アッシャーが言っていた、ヘレンに渡して欲しいという物だと分かった。

「エメラルド領では、子供が無事に生まれた事を祝し、夫妻と赤子の絵姿を描いて渡す習慣があるのです。本格的な絵ではありませんが……コーリー様の夫君は急に亡くなり、コーリー様もその弔いの後、急遽実家に出戻られた。…………彼は、家族が揃った唯一の絵姿を渡しそびれてしまった事を、ずっと後悔して、いつか渡せる時がくればと持ち続けていたのですよ」

フェリクスは筒の中から、一枚の紙を取り出して、その古い絵姿をテーブルの上に広げた。

誰もが反射的に、テーブルの上の絵を覗き込んだ。ボニファーツなどは大きく身を乗り出してその絵を見た。

確かに本当の油絵などではないので粗っぽいが、それでも十分に人々の特徴は描けていた。

病室のベッドに腰かけているコーリーだろう、マンダリンの髪の女性。

その腕の中には黒い髪の赤子が描かれている。

まずそれらの姿に視線がいき、それから、ゆっくりとその横に視線がずれる。

母子に寄り添うように、真っ黒な髪の男性がベッドに腰かけて、コーリーの肩に手を回していた。

「こちらの、コーリー殿の横にいる人物の名前はモンタギュー・オニキス。コーリー殿の夫です。……ちなみにオニキス一族は驚くほどに黒い髪を持つとして有名ですが、まさかご存じないとは仰りませんよね」

ヘレンは、ボニファーツの血を引く娘ではなかった。

彼女の黒は、ブラックムーンストーンではなく、オニキスの色だった！

コーリーは不貞をしていたわけではなかった！　――いや、ボニファーツの発言からして、関係自体はあったのかもしれないが、それでも産んだ娘は、正真正銘、嫁いだ夫の子供だったのだ！

絵姿を確認したデニスやフィーネは安心したような顔を見せた。

周囲の反応を見てヘレンも立ち上がり、テーブルの上の絵姿をじっと見つめる。

「これがお婆様？　これが、子供の時のお母様？　……この人が、私のお爺様？」

ヘレンの目は、絵姿の中のコーリーの目とよく似ていた。じっと絵姿を見つめるヘレンの姿がまるで迷子のようで、カリスタはほんの一瞬だけ、この義妹が家族に先立たれる事なく幸せに生きている姿を想像した。

だがそれは幻にすらなりえない事だ。

ボニファーツは……目を限界まで見開きながらその絵姿を見ていたかと思えば、ふらり、ふらりと、後ろに下がった。

「……違う。有り得ない。そんな事があるわけがない。……コーリーは私を愛していた。彼女は私の子を産んだのだ。表向きは言えず、愛していない夫の子と偽っただけだ！」

カリスタはあまりの祖父の気持ち悪さに何とも言えない顔をした。

だがそれを無視して、ボニファーツはヘレンの下へと走り、彼女の両肩を掴んで縋る。

「そうだろうヘレン！　お前は私の孫だ、そうだろう、そうだろう！」

ヘレンは痛いと訴えながら、首を振った。長い黒髪が揺れる。

「どういう事？　意味分からない、分からないわ。うえええん」

ヘレンが泣いているのに、ボニファーツは彼女を揺さぶっている。

流石に義妹が哀れになって、カリスタはフェリクスにそっと目で訴えた。フェリクスはため息をつきつつ、ボニファーツをヘレンから引きはがす。デニスも助けに入り、二人がかりで押さえ込まれたボニファーツを横目にカリスタはヘレンに説明をした。

「お爺様が言いたいのは、貴女が、コーリー様と自分の間に出来た孫娘だという事なのだけれど……」

「どういう事お？　この絵はわたしのお爺様とお婆様の絵じゃないの？」

「その方が貴女の本当のお爺様よ。そして横にいるのが、貴女にとってのお婆様で、……私のお爺様の義妹という人」

ヘレンは一つずつ、ゆっくり飲み込んでから、カリスタを不思議そうな瞳で見上げた。

「おじい様と私のお婆様は兄妹なのに、どうして私のお爺様とお婆様になるの？」

オジイサマという単語があまりに多用されるのでどういう意図でヘレンが使ってるか一つずつくみ取る必要があったものの、どうやら思っていたよりヘレンは正しく話を理解していたらしい。同時に、先ほどまでのボニファァーツの叫びは耳を素通りしていたようだ。

ヘレンと常識の観点で意見が合うなどいつぶりだろう。そんな感動を抱きながら、カリスタは義妹に言って聞かせた。

「……お爺様はそう信じていたのよ」

カリスタに説明されたヘレンは、ボニファァーツの方を見ながら言った。

「ええ〜、おじい様、気持ち悪〜い」

常識外れのヘレンの考えでも、(繰り返すが、血は繋がっていないとしても）兄妹で関係を持つのは駄目だったらしい。彼女の視線は侮蔑《ぶべつ》に溢れていた。

愛して信じていた孫娘からのシンプルな罵倒は、男の心を折るには十分だった。ボニファァーツは膝から崩れ落ちた。

祖父の顔を見れば分かる。彼は今、何年にもわたり信じていた事が偽りであったと知り打ちのめされていた。

これで終わりか……そう思ったカリスタだったが、ボニファァーツが黙った事で聞こえてきた声に気が付き、頭を動かす。

椅子に座り込んでいた祖母コローナが、一人でぶつぶつと何かを繰り返していた。耳をすませば彼女の言葉が聞こえてきて、カリスタは何とも言えない気持ちになった。

「嘘よ、嘘、あの女は私とボニファーツ様の邪魔をしたのよ、あの女さえいなければ、……私の前でこれ見よがしに黒髪の娘を見せびらかして、ボニファーツ様に愛されて調子に乗って……」

祖母の憎しみを、カリスタは分からない。カリスタにはまだ、嫉妬で他者を害するほどの衝動に呑まれた事がなかったから。

カリスタにとってコーリーは、ただ、肖像画で顔を知るだけの人だ。彼女と祖母の間にあった様々な出来事を知る事が、生まれてもいなかったカリスタにどうして出来ようか。

ヘレンがじっくりと眺めている古い家族の絵を見る。微笑むコーリーは本当に嬉しそうで、横に腰かけている夫も心から幸せそうに笑っている。その絵を見る限りは、二人は本当に愛し合っている夫婦にしか見えない。

だがこの後夫は死に、妻は実家へと帰る。その後二度と再婚する事もなくこの家で暮らし、最後には此処で亡くなった。

その間の事など分からないのだから、カリスタが思いを巡らせてもどうしようもない事だった。死んだ人間の心など、誰にも分からない。

崩れ落ちたボニファーツと、一人で呟き続けるコローナを見たデニスは片手で額を押さえた。最早カリスタにとっては家族という枠組みの他人のような存在にまでなってきている二人だが、デニスにとっては実の両親だ。カリスタよりも思う所は多いだろう。

「……母上」

デニスは少し黙ってから、恨み節を吐き続けるコローナを呼んだ。息子に声をかけられたからか、流石にコローナも恐る恐る顔を上げた。

「貴女とコーリー叔母様の関係がどうだったか、私には何とも言えない。だが、コーリー叔母様が憎かったとしても……その憎しみをヘレンにぶつけるのは、やりすぎでしたね」

「何を言っているの、デニス？　意味が分からないわ」

そう言いながらもあからさまにコローナの視線は行ったり来たり。貴族夫人たるもの他人に表情を悟らせず――なんて事は出来ない精神状態なのだろう。

デニスは言い訳を重ねようとするコローナに、厳しい目を向けた。息子と夫が言い合っているのは何度も見ていたものの、直接息子にそんな目で見られた事のなかったコローナは体を震わせる。

「な、何故私をそんな目で見るの、デニス！」

「貴女はどうして調べようとしなかったんだ。コーリー叔母様がエルシーを産んでから、既に何十年も経過している。運が味方したとはいえ、それほどの時間が経っている今でも、カリスタとフェリクス君はこの事実を見つけてくる事が出来た。もし貴女が父とコーリー叔母様の関係を疑い、その時にすぐに真実を確かめていれば……証言する人間はもっと沢山いたはずだ。正式な記録だって、処分されずにまだ残っていただろう」

「それは……っ」

「先ほどのカリスタたちの話を聞き、思い出した事があります。コーリー叔母様は幼い頃、時々エルシーにこう言っていた。――お前は生まれた時、死んでしまうほどに小さかったと」

「私も聞いたことがありますわ」フィーネが言った。

「初産は、早産になる事も多いらしいから、特に気を付けて過ごした方が良いと……私がカリスタを無事に産み落とすまで、エルシー様は私を何度も気遣ってくださいました。今にして思えば、エルシー様はコーリー様から、自分が生まれた時の事を聞いておられたのかもしれません」

　コローナが勢いよく首を振る。

「ち、違う、だって、あの女は！　ボニファーツと！」

「コーリー叔母様が父と関係を持っていたかどうかは、もう、どうでもいい。重要なのはエルシーが父の子供なのかを、疑いだけして、どうして調べなかったのかという事です」

「あの女に問いただしたのよ！　でもあの女は！　ボニファーツ様の子ではない……と、否定、して……」

「…………そして貴女はそれを信じなかった」

　コローナは唖然として、口をただパクパクと動かしている。自分で言いながら、気が付いてしまったのだろう。

　今こうして証拠が出てきた結果、コーリーはずっと嘘などついていなかった事が分かった。だがそれをコローナは信じず、真実を隠すために嘘をついていると思い込んでいた。

　とても一方的な、ただの思い込みを、コローナは何十年も抱えていたという事だ。

「母上。貴女がコーリー様の事を信じられなかったのは、仕方がない事だったかもしれません。でも、ならばどうして、真実を確かめようとしなかった。貴女は勝手に思い込んだだけでなく、真実を確かめようともせず怠惰に相手を憎み続けていただけだ」

デニスがちらりとボニファーツを見下ろすが、ボニファーツはピクリとも動かない。

「……心の中でただ憎み続けるだけならば、良かった。でも貴女はそうではありませんでしたよね。…………いくら憎む相手とは言え、表向きは父に倣ってヘレンを可愛がっておきながら……ヘレンの事を男に襲わせようとするなど、正気を疑う」

「ヘレンを襲っ……お父様。それは……」

カリスタは意味を理解して目を見開く。デニスは腕を組みながら、難しい顔をして言った。

「……先ほど父が私がやったと言い出した、精天祭でヘレンが襲われた事件。あれを仕組んだのは、貴女でしょう、母上。貴女の侍女が吐きましたよ」

そこで床に崩れ落ちていたボニファーツが、勢いよく顔を上げて血のにじんだ目でコローナを見た。

「何だと……！　コローナ、お前……！　ヘレンを襲ったと⁉」

どうやら長年体に染みついた、ヘレンを害する相手を罵るという行動は簡単には消えないらしい。

ボニファーツに非難された瞬間、コローナはキーキーと鳥のような声で叫んだ。

「あ、貴方が！　貴方が！　私の子よりヘレンを、エルシーの子を優先した貴方が悪いのでしょう‼」

「何だとッ」

ボニファーツは反抗された事が許せなかったのか、顔を赤くして立ち上がってコローナの方へ行こうとした。しかしそれをフェリクスが止めた。

「失礼。夫人の行動は許される事ではないが、ブラックムーンストーン卿、卿に彼女を責める権利はないですよ」

「黙れ若造！」

「……我が領地に犯罪者を放っておいて、黙れはないでしょう」

フェリクスの声が二段ぐらい低くなった。フェリクスの言葉で全てを理解してしまったカリスタは大きく目を見開き、祖父を見つめる。

「何人もの人間を経由して、本当の依頼主を分からなくしたつもりだったようですが……もう少し、考えて依頼を出すべきでしたね。我が家の情報網をたどり、カリスタの身を狙った依頼を出したのが、こちらの家の使用人であったという事が分かっています。…………命を取るつもりではなく脅しのつもりだったと犯人は話していますが……実の孫を襲おうとするなど、正気とはとても思えない」

一度区切り、フェリクスはボニファーツとコローナをゆっくりと見比べた。

「随分と似た物夫婦のようで」

ボニファーツは否定もしない。唇を震わせつつも開くことはなく、俯く。もうここまで調べられては誤魔化せないと諦めたのか。

目元が熱くなり、視界が滲む。

……あの日、馬車が勝手に動き出した時、殺されるのではないかと本気で思い、怖かった。

心の繋がりがなかったとしても、それを行おうと指示を出したのが祖父である事が、胸を苦しくさせた。

「……すまない。こんな形で教えるつもりはなかったのに……」

フェリクスは体を震わせるカリスタの事を抱き寄せる。悪いのはフェリクスではない。カリスタは彼の胸に頭を押し付けながら、首を横に振った。


食堂はもう、滅茶苦茶だった。

ボニファーツにコローナ、未だ帰っていなかったらしいニールは呆然としている。ヘレンは、最早話も聞かずに絵を見つめていた。

「父さん。貴方には本日をもって、当主の座から退いてもらいます」

デニスの言葉に、まだ言い返す元気があったらしいボニファーツが唸るようにして答える。

「そのような事……許さぬ！」

デニスは、つい、笑いが漏れた。

「個人的な思い込みと欲望で後継者についてこのような争いを起こした上に、実の孫を襲う指示を出し、他家に迷惑までかけた。……ここまでしておいて、まだ貴方はご自身が当主の座に相応しいと本気で思っているのですか？　――これ以上家名を汚すな！」

デニスはボニファーツを無理矢理椅子に座らせて、目の前にいくつかの書類を出した。爵位を譲渡する際に国に提出しなくてはならないもので、簡単に用意出来るような書類ではなかった。

「お前、は、最初から、こうするつもりで……！」

「ヘレンを跡継ぎにするための正式な書面を用意して、ヘレンとフェリクス君の新しい婚約を全方位に手紙で知らせようとしていた貴方よりは準備が足りませんですがね。勉強になりましたよ、父上。私もまだまだだ。……ああ、あと書類を受理する担当者にも金を握らせていたようですが、そちらももう対処が済んでいます。どこまで我が家の歴史に汚点を残す心算だったのです？」

分かりやすい嫌味にボニファーツは息子を凝視していたが、デニスは微笑み、指で何度か書類を叩いた。

ボニファーツは体を……何よりも、ペンを握る手を大きく震わせた。

黒い目が書類から離れて、妻に向けられる。妻はボニファーツに見向きもせず、泣きながら宙を見つめていた。

ヘレンを見る。ヘレンはこの騒ぎに対して興味がないようで、己の祖父母の絵を指でなぞっている。

床で倒れ込んだままのニールは論外。

少し離れたところにいる、義理の娘であるフィーネを見た。彼女がボニファーツを助けるわけがない。

……遅れて、カリスタに視線が向けられる。

カリスタはそっと目を閉じて顔を少しそらした。ニールにしたのと同じ。言葉ではない、ボニファーツに対する拒絶だった。

ボニファーツは自分の味方がいない事を理解し、白くなった。大きく痙攣する手が、ゆっくりと書類にサインをしていく。そのサインは辛うじて名前が判別出来るようなものだったが、デニスは気にせず、ボニファーツがサインを全て終えると書類を取った。

そして自分がするべき所にサインを施す。

「では……正式にはこの書類を提出してからではありますが、本日、この瞬間より、私が新たな子爵家当主としてこの家を取り仕切ります。勿論、家の事については母に代わり、我が妻フィーネが責任を持ちます」

フェリクスが拍手をした。カリスタも笑顔を浮かべて父母を祝福する。

これで丸く収まった――と思った次の瞬間、絵に気を取られていたヘレンが拍手をかき消す声を上げた。

「次はおとう様が当主になったの？　ならおとう様！　私、おとう様の次に当主になるからね。それでフェリクス様と結婚するから！」

「もしや脳みそをお持ちでない……？」

フェリクスが反射的に呟いた言葉に、カリスタは吹き出しかけた。カリスタからすると、ヘレンと会話が成り立たない状況はいつもの事なので「諦めていなかったか」程度だったが、フェリクスからすれば最早信じられない光景だったようだ。

ヘレンは目をキラキラさせながら、いつもボニファーツにしていたようにデニスに近づいて上目遣いで願いを言う。……それをデニスが叶えるはずもないのだが。

「ヘレン。お前と私たちの養子縁組は近々解消する。お前には随分と迷惑をかけられたが、エルシーもコーリー叔母様も、少なくとも私にとっては立場を弁えた良き親戚だった。父の暴走さえなければ、もっと良い形でお前と関わる事も出来ただろうが……。仮定を考えても意味のない事だ。二人に免じて、今後の身の振り方まではある程度面倒を見てやろう。部屋で大人しくしているといい」

ヘレンは、首を傾げた。

彼女の耳にも心にも脳にも、デニスの言葉は何一つ伝わっていなかった。

「？　おとう様、何を言っているの？　私、フェリクス様と結婚するの。あ、当主になるの！　当主になって、フェリクス様に愛されて、幸せに過ごすの！」

あまりの言葉にフェリクスが文句を言いかけたが、カリスタはそれを制した。

いつもであれば――次にヘレンは自分の方へ来る。そういう確信がカリスタにはあった。

そしてその通り、ヘレンはカリスタの方に駆け寄ってきた。

「おねえ様！」

想像通りヘレンはカリスタの下へと駆け寄ってくる。そして涙を浮かべてカリスタの両手を掴んで必死に訴えた。自分がどれだけ酷い目にあったか、自分が辛いかを訴えるために。

「おとう様がひどいわ！　私の言う事聞いてくれないの！」

「ヘレン」

「ひどいわよね、ひどいでしょ？　私は欲しいのに、私が欲しいのにっ」

「ヘレン」

ヘレンが泣いている。

ヘレンの顔は美しい。愛らしい。

普通、どれだけ美しい顔でも、涙をボロボロ流して、目を見開いている顔では、美しいとは思えないだろう。ところがヘレンはこれだけ号泣でも美しいのだから、すごいなとカリスタは素直に思った。

カリスタに顔を近づけて必死に何度も訴えてくるヘレンを見て、カリスタは彼女にしっかりと伝わるように言わなければと思った。

「か、かりすたおねえ様。おねえ様は譲ってくれるでしょ。みんなひどくても、おねえ様は私の味方よね。だって、だってだって、いつも、ドレスも、靴も、アクセサリーも、全部くれたもの。ね？　ね？　ね？」

「嫌よ」

ゆっくり、噛みしめるように、カリスタは答えた。

「……えっ？」

ヘレンは、言われた言葉が分からなかったようで、目を見開いて固まっている。

そっとヘレンの両肩に手を置いて、その体を自分から引き離す。

「お、おねえ様？」

「昔は確かに、本当の妹のように可愛く思っていた時もあったわ。……でもね、もう、無理」

そっとヘレンの顔を見つめ返す。

信じられないという顔をしている義妹はふるふると首を横に振った。それをくみ取る事もせずカリスタは続ける。

「長年、お爺様たちに言われるがままに貴女に何でも譲ってきたわ。でもね、勘違いしないで。ヘレン、貴女が可愛かったから譲ったんじゃないの。貴女を大事に思っているからあげたわけじゃない。そうしないとお爺様たちが怒るから。ただ、それだけよ。私はお爺様の言う通りにするべきだと思っていたし、そうしなければと思っていたから」

そっと、サインを終えたボニファーツを見る。既にボニファーツの手から当主の証である指輪も抜き取られていて、そこにはただ年老いた男が一人いるだけだった。

興味をなくしたようにカリスタは目の前に視線を戻す。うそ、ひどい、おねえ様とヘレンはうわ言のように呟いている。

「もう二度と貴女に何かをあげたりしないわ。貴女に私のドレスはあげない、私のドレスだもの。当然よね。靴を譲る事だってしない、私の物だから。アクセサリーだってそうよ、私の物をどうして貴女に譲らないといけないの？」

小首を傾げてカリスタはヘレンに問いかける。ヘレンは庇護欲を誘う様子で震えていた。

「だって、だって、おねえ様は、おねえ様で、わたしの」

「そう。ならもうすぐ義姉ではなくなるから、余計にあげる必要もないわね」

そこでカリスタはフェリクスを見上げた。彼は自分の役目を理解したようにカリスタのすぐ横に寄り添い、片手でカリスタの肩を抱き、もう片方の手でカリスタの手を握った。

ヘレンに視線を戻すと、彼女は目を見開いてフェリクスが触れているカリスタの肩や手を見つめていた。それに気が付きながら、カリスタがヘレンの物言いで今、一番腹が立っている事について、ハッキリと告げた。

「フェリクス様は私の婚約者よ。たとえ何を言われたとしても……彼の思いを無視して物のように強請る貴女なんかに、彼を譲るなんて事は絶対にしないわ」

ヘレンの口が大きく揺れる。それは彼女が大声で泣き叫ぶ予兆の一つだ。

案の定、ヘレンは今日一番大きな声で喚き始めた。

声はうるさいが、もうカリスタは何も感じなかった。ただ、泣き喚く事でしか欲しい物を強請れない義理の妹を哀れに思った。

ヘレンは新当主となるデニスの指示により、使用人たちによって連れ出されていく。手足を大きく動かして暴れるヘレンを連れていくのが一番大変な作業となった。

その後、祖父母も部屋へと連れていかれた。ボニファーツもコローナもただ黙って、使用人に連れていかれるまま歩いていく。その背中は枯れ木が運ばれていくようにも見えた。

カリスタの脳裏に、様々な記憶が過る。

幼い頃から祖父母に当主となれと言われてきた。勉強をしろ、この程度しか分からないのかと言う横で、ヘレンには望むがままに服も食べ物も与える。ヘレンがしたくないと言えば、簡単に勉強の時間もなくなっていた。

（どうして私ばっかり？）

小さい頃、そう思った事だってあった。

両親はいつだってカリスタを優先してくれたのに……それでも尚祖父母の愛を請うた時もあった。

だが今はそんな事は少しも思わない。

（私には、私を見てくれる人がいる）

父と母はいつでもカリスタを見てくれた。

カチヤというずっと過ごしていきたい親友もいる。そして何より……。

そっと、フェリクスの胸に肩を預ける。

（私には……フェリクス様がいる）

ずっと、一人で頑張らなければと勉強してきた。自分がなんとかしなければと。振り返れば、ニールを頼ろうと思った事は一度もなかった。

当主となるのは一人だけ。法の下では配偶者は配偶者でしかないかもしれない。

それでも誰かを信じ、頼り、互いに支え合った夫婦となりたい。

カリスタはそう、強く思った。

第十一粒　ボニファーツ・ブラックムーンストーンの妄執

正式な書類を提出し、デニス・ブラックムーンストーンが新たなる子爵家の当主となった。

それからというものの、デニスや新しく子爵夫人となったフィーネを始め、後継者となったカリスタやその婚約者であるフェリクスも忙しい日々を過ごす事となった。長期休暇がまだ残っていた事はカリスタとフェリクスにとっては幸運だっただろう。

当主が替わったとなれば国に書類を提出するだけでなく、関わりのある親戚や友好関係のある貴族家への周知もいるし、お披露目の場を開く必要もある。

しかしそれに先んじて、デニスにとっては最も重要な仕事が今日、ようやく終わるのだ。

「いや、いやよっ！」

元子爵夫人コローナの叫び声が屋敷の中に響いていた。

困った人だとデニスは自分の母親の言動にため息をついた。前当主夫妻のその後の扱い——それが今、デニスにとって最も重要な仕事だった。どうするかの想定は前々から心の中にあったのだが、それを本人に伝えた所、コローナはこうして拒否し続けているのだった。

デニスは玄関ホールで、屋敷の中から連れてこられる父母を待っていた。

コローナの叫びが近づいてくる。

屋敷の奥から男性使用人二人がかりで引き摺られてくるコローナは、デニスの顔を見るやいなや必死に息子に縋った。

「デニス、デニスっ！　王都から離れるなんていやよ、母を、貴方を産んだ私を名前も聞かぬような地方にどうして追いやるのです！」

何度も説明したというのに未だに同じ事を繰り返すコローナになんだかヘレンを重ねてしまい、デニスは複雑な気持ちを抱く。ヘレンがあのような人間に育ってしまったのは、本人の元の性格だけでなく、ヘレンを主に育てたボニファーツとコローナの影響が強かったのではないかと思えてならない。

どちらにせよ、既に説明した事をまた何度も説明する気はない。

「早く馬車に乗せろ」

デニスの指示に使用人たちは慌ててコローナを馬車に押し込める。彼女を入れてドアを閉めた後、外からしか開けられないように厳重に鍵をかける。

ボニファーツとコローナは当主交代後、夫婦水入らずで余生を過ごすためという名目で王都から遠い遠い田舎で暮らす事になる。

実際、代替わり後にそのような動きをする貴族はそれなりにいるので、おかしな話ではない。

ただし殆どの貴族が余生を過ごすのは人がおり生活にも困らないような土地だが。

二人が向かうのは、馬がなければ買い物一つまともに出来ないというほど人がいない土地だ。

王都で生まれ育ち、結婚後もずっと王都でしか暮らしていないコローナにとってはとんでもない事のようだ。田舎に閉じ込められてしまうというのも不服らしいが、何より、ボニファーツと共に行かなくてはならないという事にもかなりの不満を抱いているらしい。

彼女は死んだ己の義妹やその血筋の人間への恨みを長年にわたり抱くほど夫を愛していたというのに、夫が失脚し、今まで自分が恨んできた相手が夫の不義の結晶ではないと分かった途端、手のひら返しをした。ボニファーツを視界に入れる事も嫌がり、同じ部屋で過ごす事も嫌がった。

当然ながら、そんな様子では同じ馬車に乗せる事も難しい。二人を田舎にやるのに、予定より多くの馬車を用意しなくてはならなかった。

コローナは王都に居続けたい一心でデニスにこれまでの事を謝ってきたが、その謝り方もデニスには不愉快だった。ボニファーツの裏切りが辛かったのだとしても、その不満を息子である自分ではなく、愛する妻と娘にぶつけていた事が許せるはずもない。

実の母だが、謝られた所で共に暮らしたいとは思わない。

何より、ブラックムーンストーン子爵家はこの代替わりでもって長年重なった一人の男の思い込みから解き放たれるのだから、先代の記憶を強く思い出させる彼女に居座られても迷惑だ。

コローナの次にボニファーツが連れてこられた。彼を支えているのは長年仕えていた執事や使用人たちだ。

当主の座を下ろされたボニファーツはまるで別人のようであった。虚ろな目で空を見ながら「コーリー、コーリー……」と己の義理の妹の名前を呟き続けている。

このようになってしまってからボニファーツと深く話をしたわけではないので全てはデニスの勝手な想像ではあるが……相思相愛と思っていた相手が自分以外の男の子を孕んでいたという事

実が耐えられなかったのだろう。長年、ボニファーツはコーリー、エルシー、ヘレンを愛してきた。その時間の長さと重さの分、ボニファーツはおかしくなってしまったようだった。

馬車に押し込められた後、屋敷の中から幾人もの使用人が同じように引っ越しのために用意された馬車に乗り込んでいく。

雇い主であるボニファーツに言われて仕方なく行動しただけの使用人ならばともかく、使用人の中にはボニファーツやコローナのためにと自主的にフィーネやカリスタに嫌がらせをしていた者も少なくなかった。特にひどい対応をしていた使用人には、田舎で暮らす前当主夫妻の世話という大切な仕事を申しつけた。

中には拒否する者もいたが、受けないのであれば紹介状を書かずにクビにすると通達した所、皆大人しく田舎に行く事にした。逃げ出す事もなく仕事を遂行すれば、少なくともボニファーツとコローナの死後は新しい紹介状を得て王都に戻って働く事が出来るからだ。

そのような罰を受けなかった者でも、対応がよくない使用人については暇を出している。こちらも、拒否するのなら問答無用でクビと言えば、大人しく辞めていった。

新しい使用人については昔からの伝手を使い、紹介してもらう予定を立てている。まだ体制は整っていないが、そのうち問題なく仕事が回るようになるだろう。

ボニファーツたちが乗った馬車が出立の準備を終え、出発する。

その馬車が屋敷の敷地を出て、完全に見えなくなって馬車の音も聞こえなくなるまでデニスは立ち続けていた。

「デニス様」

「……フィーネ」

名前を呼ばれ振り返れば、愛する妻がいた。

政略で結婚した妻だ。けれどデニスは誰よりも彼女を愛したし、彼女も自分を愛してくれた。子供は一人だが、その一人娘は妻に似て愛らしく、優秀だ。こんな幸せな事はない。

そう自分の事を振り返りながら、デニスとフィーネはお互いに手を伸ばして体を寄せ合い、暫く立ち続けていた。

——一方、発車した馬車の中では。

話す相手もいないのに唯一人、男は呟き続けていた。恐らく同乗者がいたなら頭がおかしくなるか、怒鳴り散らしていただろう。

「コーリー、コーリー、どうして、どうして私を裏切ったのだ、コーリー、なぜ、なぜだ……」

ボニファーツ・ブラックムーンストーンは幼い頃に実の母親を亡くしている。乳母などはいたものの、忙しい父親と関わる事もあまりなく、寂しい幼少期を過ごしていた。

そんなある日、父親が再婚し、継母と血の繋がらない妹が出来た。その妹が、コーリーだった。

自分とは似ても似つかない、マンダリンの髪と瞳の妹が、ボニファーツは愛しくて仕方なかった。

最初はただ、傍にいてくれる家族が出来た事が嬉しいだけだった。

しかし、双方が年を取るうち、次第に自分の感情に違和感を覚え始める。

ただの妹として愛しいと思う以上に、コーリーの事ばかり考えてしまう。コーリーを目で追ってしまう。日に日に幼さがなくなり美しくなっていくコーリーから目が離せない。

最初は気のせいだと思い込んでいた。既にボニファーツにはコローナという婚約者がいたから。

しかしコーリーが貴族学院に通い始めてから、この感情は異性に対する愛だと気が付く。

始まりは、コーリーが貴族学院で自分に迫ってくる異性にどう対処したらよいか分からないとボニファーツを頼ってきた事だった。

他の異性を怖がり、ボニファーツには全く怯えない。そんなコーリーを慰めるうちに二人の距離は近くなっていった。

どうしてコーリーと結婚出来ないのだろう。若きボニファーツはそんな事を何度も思った。その時には既にコローナという婚約者がいたし、その後彼は婚約者と結婚した。ボニファーツとコローナの間に息子が生まれても、その思いは変わらなかった。

時折、コローナを追い出し、父から許しを得てコーリーと結婚する事を妄想したりもしたが父に権力がある以上、それは現実的に不可能だと思われた。コローナとの結婚は、家同士の契約に基づく政略結婚であったからだ。結ばれた所でなんの得もない義妹との結婚を、父は許しはしなかっただろう。

――そしてついに、恐れていた日が来た。

父の決定でコーリーが貴族学院を卒業すると同時に嫁ぐ事になったのだ。

それでも王都にいてくれるならばまだ良かったが、王都ではない土地で暮らす男が相手で、式も挙げないという。耳を疑った。

これまで父は、義理の娘としてコーリーを愛していると思っていた。だがそれは違ったのだろうか。なんの頼りもない土地に一人嫁がせ、しかも式すら挙げさせないなどと……。

結婚式を開いてくれ、せめてコーリーが誰と結婚するのか教えてくれと訴えると、父は冷めた目でボニファーツを見た。

「お前があの娘に妙な目を向けている事に、私が気が付いていないとでも思ったのか？」

ボニファーツは何も言い返せなかった。隠していたつもりだったが、少なくとも父は自身の息子と義理の娘が不適切な関係になりかけている事を察し、二人を引き離すためにこの結婚を結んできたと分かってしまった。

父に秘めた思いと関係を指摘された後、ボニファーツはコーリーと会えなくなった。父の命令によるものだ。コーリーは私室に軟禁され、自由に外を出歩く事も出来なくなった。

だが幸いにも乳母の手助けもあり、最後になんとか二人で過ごす時をボニファーツは手に入れた。その時には決意していた。二人の未来のために、今までどこかで躊躇っていた一線を越えなければならないと。

「コーリー。私の愛しい人……」

「おにい様、いけませんっ！」

「お前が他の男を知るなど、許せるものか……！」

「だめ、こないでっ！」

そして二人は一つとなった。

事を終えてからさめざめと泣くコーリーに、ボニファーツは「必ず助けに行く」と約束した。

だが、その約束は何一つ果たせなかった。

この時の逢瀬は父の耳に届いたらしく、ボニファーツとコーリーにつけられる監視は増えてしまった。それどころか父は一時的に、ボニファーツをコローナと生まれてすぐの息子デニスと家族三人で、王都の外に追いやってしまった。

そのままコーリーが嫁ぐまでの間、ボニファーツはコーリーに会う事さえ出来なかった。そしてコーリーは、愛する人は、ボニファーツの手の届かないところで、他の男の妻となってしまった……。


「コーリー、私の、私のコーリー……」

コーリーが傍にいない時間は苦しいものだった。だがボニファーツが父に隠れてコーリーを探し出そうとしている間に、コーリーは帰ってきてくれた。嫁ぎ先で夫が死んだのだという。そして彼女の腕には、真っ黒な髪の赤ん坊がいた。

全て分かった。コーリーはボニファーツの下に戻るため、夫を追いやったのだと。そして自分の子供を産み落としてくれたのだと！

表向きは夫との間に出来た娘だとコーリーは説明していたが、ボニファーツには全て分かっている。

その後、ボニファーツは以前よりもコーリーを手元に置こうとした。幸い子供を連れた寡婦の結婚相手は決まらない事が多いので、コーリーが再度嫁いでいく事はなかった。父も夫に先立たれたコーリーの事は哀れに思ったのか、もう一度嫁がせる事はしなかった。

だが彼女の傍にいる事は難しかった。コーリーは継母の傍にいつもいて、あまりボニファーツと会おうとしない。赤ん坊ともなかなか会わせてもらえなかった。愛おしい、実の娘と過ごせた時間は、そう多くはなかった。

最愛の人はコローナやコローナが産んだ息子のデニスに気を遣っているらしかったが、そんな事彼女が気にする必要などないというのに……ボニファーツは何度もコーリーにそう伝えた。だが彼女は頑なで、ついには屋敷の隅で生活するようになった。

また、もう一度共に夜を過ごそうとしても強く拒否された。かつてのように手助けしてくれる乳母もおらず、ボニファーツは諦めるしかなかった。

エルシーは愛らしく育った。顔立ちはコーリーに似て、髪の色はボニファーツに似ている。

愛した女性が産んだ自分の子というだけでもとてつもなく愛おしかった。本当は、堂々と娘として愛したかった。だが既にエルシーはコーリーと離別した夫との間の子供として国に登録されている。国に虚偽の報告をした場合、罪は重くなる。あの時は仕方なかったとはいえ、コーリーを犯罪者にするわけには行かなかった。
だがもし——もしコローナやデニスがいなければ、家族としてもっと過ごせるのだ。妻と息子さえいなければ……。何度もそう考えた。

……ボニファーツは愛しいコーリーも、そしてコーリーが産んだ愛しい娘のエルシーも、ずっとずっと自分の手元に置くつもりでいた。

ところがエルシーは貴族学院で結婚する相手を捕まえてきてしまった。

しかも許しがたい事に、その男は貴族ですらない平民の商人の息子だった。

既に当主になっていたボニファーツは強く反対した。ボニファーツの言葉にエルシーは強く反発した。コーリーと違い、エルシーは気が強く、ボニファーツの言葉も受け入れない事が多々あった。それも愛らしいものだったが、平民との結婚ばかりは認められるかと強く叱った所、彼女は駆け落ち同然に姿を消してしまった。

慌てて、ボニファーツは結婚は認めるからせめて王都で暮らしてくれとエルシーに訴えた。エルシーはそれすらも嫌がったが、実母のコーリーがブラックムーンストーン家で暮らしている事もあり、最終的には屋敷からそう遠くないところで暮らし始めた。

エルシーが出て行ってしまったのは悲しかったが、それでもボニファーツの傍にはコーリーがいる。本当は別邸を持ちそこにコーリーを住まわせようとも思っていたのだが、それはコーリー自身に反対されたので止めた。

コーリーは年をとっても美しかった。そして愛らしいままだった。

早くデニスへ家督を譲り、コローナには適当な場所に小さい屋敷を与え、余生はコーリーと二人で静かな所で暮らす……そんな事を考えていたボニファーツだったが、幸せは長くは続かない。

コーリーが死んだ。事故だった。

「どうして私より先に逝ってしまったのだ……！」

ボニファーツは慟哭《どうこく》した。世界で一番愛した女性が死んでしまったのだから、その悲しみは深かった。

彼女は遺言状で、夫と同じ墓に入りたいと書いていた。しかし死後まで別の男のもとにやるなど許せるはずもなく、ブラックムーンストーン家の墓に入れた。

エルシーは母の希望を聞いてくれと訴えてきたが、ブラックムーンストーン家の墓なら王都から近く、エルシーも墓参りがしやすいからと言いくるめた。


コーリーの死後、ボニファーツは一時落ち込んだ。

しかし最愛の女性の死からそう経たず、エルシーが娘を産み落とした。

その赤ん坊を……ヘレンを見た時に、ボニファーツは気が付いたのだ。

コーリーは死んでしまった。それでもエルシーを遺してくれた。

そしてエルシーはヘレンを産んでくれた。

エルシー、ヘレンという二人の人間を通して、コーリーはボニファーツの傍にいてくれると。コーリーの死後は、ボニファーツの愛はエルシーと孫のヘレンに向けられていた。これからも愛しい娘たちを見守っていけると……ボニファーツはそう信じていたのに、その一報は突然ボニファーツの耳に入った。

――エルシー夫妻が乗った馬車が横転し、二人とも亡くなった。

エルシーたちは仕事の帰りに、最愛の娘にプレゼントを買うために遠出をしていた。

その帰り、雨でぬかるんだ泥に車輪がハマり、馬車はバランスを崩して倒れたという。

その日は雨が降っており、多くの人間が外出を控えていて発見が遅れた。馭者は死ななかったものの衝撃で大怪我を負っていて長い間意識を失い、助けを呼ぶにも呼べない状態だった。

調べた者によれば、夫は即死だったがエルシーは暫く意識があったのではないかという。それではエルシーは、雨の中、誰かに助けを求め続けていたのかもしれない……。

「どうして、どうしてだ！　どうしてコーリーやエルシーが死ななければならなかった！」

ただ幸せになろうとしていた者たちが次から次へと不幸に見舞われる。

何も悪くないのに、ヘレンは、こんなに幼いのに、親を失ってしまった。

ボニファーツは誓った。

これ以上、コーリーを失ってはいけない。ヘレンを愛するはずだったコーリーたちに代わって、必ずこの子を愛して守っていく。

最愛の人《コーリー》に続きエルシー《コーリー》まで失ってしまったボニファーツは、本来ヘレン《コーリー》を養育する権利を持っていた父親側の親族から引き離した。相手は平民だったので、そう難しい事ではなかった。

そして手元におくため、デニスたちの娘として養子縁組を行った。本当は自分の娘にしたかったが、年回り的にはデニスたちの娘とした方が違和感がないだろうと考えたのだ。

デニスは勝手な事をするなと怒っていたが、当主が己の権限で動くのは当然の事だ。ボニファーツが若い頃だって、父はボニファーツの言葉など聞かなかった。

ヘレンは本当に愛らしい娘だった。

可愛いヘレン。

ヘレンの願いのために、ボニファーツはなんだってした。

コローナもヘレンを実の孫娘のように可愛がっていた。

ただ、デニスやフィーネは勝手に養子縁組された事が不服なのか、ヘレンを叱る。叱られたヘレンが泣くのを見るたびに、ヘレンにそんな事をする必要はないとボニファーツは彼らを怒鳴った。

ヘレンは母に似て美しく育っていく。だがボニファーツから距離を取っていたエルシーとは違い、ヘレンはいつまでもボニファーツをおじい様と呼び、懐いてくれる。

貴族学院に通い始めても、毎日楽しそうに学院の事をボニファーツに教えてくれる。

幸せだと思っていたある日、ヘレンは突然ニールと共にボニファーツの下にやってきた。

「私、ニール様の事が好きなの」

ヘレンまでが離れて行ってしまう。そう思ったが、次のヘレンの言葉でハッとする。

「ニール様って、この家の当主の婿になるのでしょう？　なら私が当主になるから、ニール様と結婚させて、おじい様。おねがいっ」

そうだ。

ヘレンがどこかに嫁いでいってしまうからいけないのだ。ボニファーツは思った。

ヘレンが当主になれば、ずっと自分の傍にいる。ボニファーツは自分の口角が上がっていくのを感じた。

「勿論だ。この家を継いでおくれ、ヘレン」

かつてボニファーツはコーリーと結婚する事も、コーリーとの間に出来た子供を自分の下に置いておく事も出来なかった。

しかし今、やっと、ずっとしたかった幸せな未来を現実にする事が出来る――。

「お爺様。エルシーおば様がお爺様の娘であるというのは、お爺様の……お婆様の、思い違いではありませんか？」

頭の中で、若い女の声がする。ボニファーツは頭を押さえた。

周りの人間の、自分を見る冷たい目、裏切ったのねと自分を責める妻の声。

そんな中、突き付けられた絵姿。最愛の女が、全く知らぬ男と寄り添っている……。

ヘレン。愛おしい自分の孫娘。

彼女は、そして自分の娘と信じていたエルシーも……ボニファーツの血など引いていなかったのだ。

そして自分の血を引く者たちは、誰も彼も……ボニファーツの味方ではなかった。

「コーリー、コーリー、どうして、コーリーコーリー。何故裏切った、コーリー！　私を愛していただろう！　コーリーコーリー、ああ、コーリー、コーリーコーリーコーリーコーリーコーリーコーリー‼」

老人の声を聞く者は、最早誰もいない。

第十二粒　逢瀬

「やっと落ち着いて話せますわ」

「本当に」

貴族学院の談話室《サロン》の一室に、カリスタとカチヤは集まっていた。

長期休暇が終わってからというものの、カリスタは学院内で有名な生徒の一人になってしまった。何せ次期エメラルド伯爵と言われていたフェリクスが、領地も持たないただの子爵家へと婿入りする事が決まったからだ。当然、婿入り先であるブラックムーンストーン子爵家とカリスタも注目されるようになった。

それまではカチヤの親友としてしか認識されていなかった女の下に、学院の人気者が婿入りする。学院中が経緯を知りたがり、普段話した事のない生徒まで知り合いのような顔をして近づいてきた。

こうして肩の力を抜いて話をするのにも、締め切られた談話室《サロン》でなければ難しい状況だ。

「そういえばカリスタ、こうして時間が作れたのだから、その後について、詳しく教えてちょうだい」

「フェリクス様から聞いていないの？」

「ええ。フェリクスは他家の事を勝手に話せるものかって、そればっかり。もう結婚してブラックムーンストーンの人間になったつもりなのね」

カリスタは少し頬を赤くしながら、婚約解消された一件の顛末を親友に伝える事にした。どちらにせよ殆ど全ての対処は既に済んでおり、外部に話しても問題ないからだ。

「お父様は新しく当主となられてお忙しそうだけれど、お母様や新しい執事の方々がお手伝いしているから問題ないわ」

家の事はコローナに代わってフィーネが一切を取り仕切るようになり、屋敷の雰囲気も随分明るく爽やかなものに変わった。やはり女主人の仕事は屋敷そのものの雰囲気を変えるのだと感じたものだった。

デニスに雇われて新しく働きだした使用人たちも、古株の者たちと上手く馴染み始めている。

個人的な変化を上げれば、カリスタの部屋の雰囲気は随分と変わった。

私室そのものが移動したという事もあるのだが、今までは手に入れてもヘレンに取られてしまうからと最低限の物しか持たないようにしていた。それを止めたので、年相応にクローゼットには服が並ぶようになった。

欲しい物を手にしても、他人に取られる事を心配しなくていいと言うのは……カリスタにとっては本当に、世界が変わるような事である。

「義妹は？　学院を辞めたのは噂で聞いたけれど」

「……ヘレンは、フィッツヴィールの女学院に入ったわ」

「フィッツヴィール！」

カチヤは口元を扇で覆う。その反応も致し方ない。

フィッツヴィールの女学院と言えば、国内で最も厳しいと言われている女学院だ。元々は問題のある若い女性を追いやる場として出来たのだが、ただ追いやるだけでなく育てなおした方がいいと考えた人が昔おり、その人物の手によって学校へと姿が変わった。険しい山の中にあり、女性が一人で山を下りる事はほぼ不可能。しかも冬になると険しい雪で閉ざされるので、脱走者は殆どいないという。

「ずっとフェリクス様と結婚する、当主になると騒ぎ続けて、お父様がついに許せなかったみたいで……」

「そうなのね。まあ、妥当だわ」

既に養子縁組は解消されている。とはいえ今更父方の親族の下に預けるわけにもいかない。ヘレンの父方の実家にしても、今更貴族社会に生きてきた孫を押し付けられても困るだろう。なので現在は、保護者が貴族である平民として、フィッツヴィールの女学院に送られ過ごしている……はずだ。実際にヘレンがどのように過ごしているかは全く分からないのだが。

「他は？　元婚約者は？」

「ヘレンはもう貴族の娘でないし、他家に嫁がせて問題を起こしても困るから……ヘレンとツァボライト令息との婚約も解消されたわ。それに合わせて、これまで結んでいたツァボライト男爵家と我が家の協力関係についても、白紙になったの」

「成程。……まあ、そうね。前子爵の事もあるから、流石にツァボライト家にあまり責任を追及も出来ないものね」

　ハッキリ言うカチヤにカリスタは苦笑する。もしこれを言っているのがカチヤでなかったら、流石のカリスタも家のために多少言い訳染みた事を発言していただろう。

　出来る限り静かに幕引きするから、騒がないでくれ。簡単に言うとそういう結末だ。

　今回の騒ぎは、根本的な問題として、ブラックムーンストーン家側の過失がかなりあるのだ。当時当主であったボニファーツの暴走、それから義理の姉の婚約者を奪って当主の座に就こうとしたヘレン。それは否定する事は出来ない。

　とはいえツァボライト側にも問題がなかったわけではない。

　ニールは元々当主の婿になる身として教育されていたにもかかわらず、婚約者のカリスタを裏切ってよりにもよってカリスタの義妹と恋人関係になっていた。この事については学院内である程度知られているので、証拠や証言はいくらでも出てくる。

　そしてニールの親である男爵家の当主は、息子を信頼してまともに確認をしていなかった。監督不行き届きだ。

　これらの理由を上げて、これまでの関係をすべて解消する事で、お互い痛みを少なく抑えようとデニスがツァボライト男爵家の当主と話をしたのだ。

　終わった後に父から聞いた話だと、ニールの家族である男爵夫妻や長兄は、それはそれはもう哀れみを感じるほどに必死に謝罪をしたと言う。

　正直に言って彼らに対しての恨みはそこまでない。

ツァボライト男爵家の領地は王都からかなり遠い。なのでニールや、信頼していた本家が正しい連絡をくれなくては、ニールの行動を知る事は難しいだろう。

実際、今回急遽呼び出されて王都に来てから事の次第を全て聞いたらしく、男爵夫人は一度気絶してしまったというから、正直同情する。

それでもこういう状態になってしまった事には変わりなく、これからも関係を継続して妙なしがらみを作るよりも、ここで一旦清算した方が良いという結論になったのだ。

男爵家の王都での商売の今後は、彼らの努力次第だ。

「ツァボライト令息は、領地に帰ったそうよ」

元々ツァボライト男爵家は嫡男ですら王都に出してこない、田舎貴族だ。ニールを貴族学院に通わせたのは、ひとえに王都で代々働いているブラックムーンストーン子爵家に婿入りするための、所謂特例措置だった。婿入りの話がなくなった事で、男爵夫妻は即座にニールを貴族学院から退学させ、領地へと呼び戻した。そこには躊躇いも情けもなかった。

領地に行ってからニールがどうなるのかは、カリスタには分からない。ただ恐らく、二度と会う事はないだろう。

「それから……そうね。コーリー様……ヘレンのお婆様なのだけれど、彼女のお骨はオニキス家の墓に行くことになったの」

「まあ。オニキス家はよく受け入れたわね、離別後、離縁の手続きも取っていたのでしょう?」

「ええ。それにもかかわらずにね」

コーリーは夫の死後、嫁いでいたオニキス家とは離縁して実家に帰っていた。そしてコーリーの夫モンタギュー・オニキスは王都から少し離れた、実家の墓に埋葬されていた。

普通であれば離縁した家の墓に、死後入るという事はあまりない。

ただボニファーツを追い出すに際して彼の荷物を整理した際、コーリーの手記が見つかった。この手記の中に、コーリーは死後は夫と共に眠りたいと記していた事が分かったのだ。ブラックムーンストーン家の墓では最悪ボニファーツも後からそこに入る可能性があるため避けたかったらしい。

「過去がなんであれ、コーリー叔母様は夫を愛していたと思う。彼と同じ墓に入れてやりたい」

デニスが言い出し、フィーネもカリスタもそれに賛成した。

懸念点はオニキス側に断られる可能性だったが、驚くほどあっさりと受け入れられた。

「あちらの家のご当主は、コーリー様の夫君の長兄……の、御子息なのだけれど、どうやらコーリー様に覚えがあったそうなの」

ブラックムーンストーン家に戻ってきてからコーリーは基本的に屋敷に籠っていたが、監禁や軟禁されていたわけではない。普通に外出もしていた。

こうなって初めて発覚したのだが、どうやら毎年夫の命日には墓参りに行っていたそうだ。

コーリーの夫の命日が偶然にも後から亡くなったコーリーの夫の父親――つまり、コーリーにしてみれば義父だ――の命日が同じだった事から、コーリーとオニキス家の墓参りが重なる事が多々あったという。それもあり現当主はコーリーの事を知っており、ブラックムーンストーン側の急な申し出を快く受け入れてくれたのだ。

「遅くなってしまったけれど……コーリー様が、天の国で夫君と幸せに過ごせていると思いたいわ」

「愛は、お互いに思いやってこそ、という事ですわね。元子爵はコーリー様を愛したかもしれないけれど、そのやり方は間違っていたと思いますわ」

「ええ」

大方の事を話し終えて一息つく。

そこから二人の会話はなんてことない、日常の雑談へと移行していった。

「そうだった。ねえカチヤ。来年の精天祭なのだけれど……その、一緒に過ごしてくれないかしら……？」

カリスタの申し出にカチヤは一瞬だけ面食らい、それから少し怪訝そうな顔をした。

「嬉しいけれど……カリスタ。わたくしよりも先に誘うべき相手がいるのでなくて？」

「……」

カチヤの指摘に、カリスタは少しだけ言葉に詰まる。彼女の言っている事は分かる。精天祭は友人と過ごす事も皆無ではないが……恋人たちの祭りと言えるものだ。

何故婚約者であるフェリクスではなく自分を誘うのだ。カチヤのエメラルドグリーンが、カリスタにそう訴えていた。

「……ヘレンはいつも友人と楽しんでいたわ。私も一度くらい、お友達と祭りを楽しんでみたかったのよ」

カリスタらしくない、どこか子供のような口調にカチヤはぱちぱちと大きな目を瞬いて、それから仕方ないとばかりにカリスタを見つめた。

「では別の祭りに二人で行きましょう。精天祭はフェリクスを呼びなさいな。喜ぶわ」

「……そうかしら？」

「当然よ！」

二人で来年の約束を結んでいる時、談話室《サロン》のドアがノックされる。外から聞こえた人の声にカリスタが反応すると、ドアが開いてフェリクスが入ってきた。

「カリスタ。遅くなったね」

フェリクスがカリスタに向かって笑顔を向けると、カリスタの正面に座っていたカチヤが不満げな声を上げた。

「あら。わたくしもいるというのに、何も言わないのですか」

「いちいち声を掛け合う間柄でもないだろう我々は」

カチヤはいつもより刺々しく言葉を発し、フェリクスもそれに軽く答える。

最近より意識したのだが、実の兄弟を持たないカリスタにとってフェリクスとカチヤの会話は少しの意外性と面白さがあり好ましく感じるのだ。

暫くニコニコと兄妹のやり取りを見ていたが、カリスタがそんな風に自分たちを見つめていると気が付いたフェリクスとカチヤはどちらかともなく無言になる。

「……まっ。今日のところは何でもよろしいですわ。カリスタ。また後で会いましょう」

「ええ」

カチヤは席から立ちあがり、フェリクスの顔をじっとりと睨み上げてから横を通り過ぎた。

そして完全にフェリクスから見て死角となる位置に立った時、カリスタに向かってパチンと片目を閉じる。

カチヤが退出すると談話室《サロン》にはフェリクスとカリスタの二人だけになった。

密室に、異性と完全に二人きり。

かつて婚約解消を伝えられた時と同じような状況だったが、あの時と違ってカリスタの心臓は大きく跳ね続けている。

「全く。あのようにお転婆では先が不安だ」

狭い部屋ではないのに、フェリクスの声が反響したような気がした。

フェリクスはカチヤが腰かけていた椅子を、カリスタのすぐ横へと移動する。そしてその椅子に腰かけた。

二人の距離が酷く近い。服越しであるが、膝同士がぶつかりそうだ。

あまりに距離を詰めてくるのでカリスタは固まってしまった。婚約者になり、ある程度の接触はこれまでもしてきたが、普段はどちらかというと節度を守ったようなものばかりだった。

こうして二人きりになって落ち着いて話をするのは随分と久しぶりだ。手紙のやり取りは頻繁にしていたものの、お互いに休暇中は新しい仕事に集中していた。

「…………カリスタ。会いたかった」

フェリクスがカリスタの名前を呼んだ。

彼が求めている事が何か直観的に悟ってしまい、カリスタは顔を真っ赤にして硬直した。反射的に近づいてきたフェリクスの胸元に片手をあてる。

普段であればフェリクスはそこで止まっていたが、今日は違った。

自分の胸元にあてられ、距離を取ろうとするカリスタの手を優しく攫って、もう片方の手でカリスタの頬を包む。

「触れたい」

直球の言葉にカリスタは顔どころか首や手まで真っ赤になった。

そんな状態の中で、なんとか喉を震わせて、小さく返事をする。

「…………はぃ」

カリスタの同意の直後、フェリクスは最後の距離を詰めた。

二人の影が重なった後、談話室《サロン》の中で何が行われたのかは、本人たちしか知りえない。

ただ、突如知恵熱を出したカリスタが、入学後初めて授業を欠席する事になった事だけは、どこかに記しておかねばならないだろう。

Mノベルス

欲《ほ》しがりな義妹《ぎまい》に堪忍袋《かんにんぶくろ》の緒《お》が切《き》れました～婚約者《こんやくしゃ》を奪《うば》ったうえに、我《わ》が家《や》を乗《の》っ取《と》るなんて許《ゆる》しません～

2024年2月12日　第1刷発行

著　者　重原水鳥《おもはらみどり》

発行者　島野浩二

発行所　株式会社双葉社

〒162-8540　東京都新宿区東五軒町3番28号

［電話］03-5261-4818（営業）　03-5261-4851（編集）

http://www.futabasha.co.jp/（双葉社の書籍・コミック・ムックが買えます）

印刷・製本所　三晃印刷株式会社

［電話］03-5261-4822（製作部）

ISBN 978-4-575-24716-9 C0093

死にたくないので、
全力で媚びたら
溺愛されました！
夕立悠理
ill. なま
通学中に交通事故に遭った私は、乙女ゲームのモブ令嬢リリアンに転生したのだが……乙女ゲームのラスボス兼攻略対象でもある、婚約者オーウェン公爵に『地雷を踏まれた』という理由で1年後に殺されてしまう。地雷の内容が全く思い出せないので、地雷を踏んでも殺されないように全力で媚びるしかない!? と、オーウェン様への必死の媚び媚び生活を始めたはずが、逆に溺愛されているようで――!? 小説家になろう発、太鼓持ちのモブ令嬢×ラスボス公爵のラブコメディ！